PRIX : **60** *centimes.*

ONCE PELLOUTIER

MA TANTE
MANSFIELD

7722

PARIS

ERNEST FLAMMARION, ÉDITEUR

26, rue Racine, 26

MA TANTE MANSFIELD

ÉMILE COLIN, IMPRIMERIE DE LAGNY (S.-ET-M.)

LÉONCE PELLOUTIER

MA TANTE

MANSFIELD

PARIS
ERNEST FLAMMARION, ÉDITEUR
26, RUE RACINE, PRÈS L'ODÉON

MA TANTE MANSFIELD

Vingt années ont produit des changements considérables dans les habitudes et les amusements des habitants de Londres. Dans aucune autre ville européenne,
la mode n'est plus volage et le caprice plus inconstant
dans ses objets : « Nouveauté — nouveauté — nouveauté », si ce besoin n'est pas le talisman reconnu,
il est du moins le mobile secret qui influe de haut en
bas sur les milliers et milliers d'êtres confinés dans
notre immense capitale.

Cette réflexion préliminaire doit s'offrir à l'esprit
observateur de tout homme d'un certain âge, que le
courant journalier des événements, ou le flot irrésistible des landaus, barouches, briskas et cabriolets, a
conduit un dimanche, volontairement ou non, par le
boulevard extérieur de Regents'park vers les portes
des jardins de la société zoologique ; car tout en frayant
sa route à grand'peine dans la foule des bipèdes
disgracieux dont nous faisons partie, ne vous en dé-
plaise, chers lecteurs, froissant les toilettes de quelques
belles dames, ou dérangeant l'harmonie de leur coif-

fure, il accordera certainement un souvenir rapide aux
scènes d'autrefois, alors que la mode devait repousser
dédaigneusement l'idée seule d'un changement pouvant se produire, même temporairement, de l'ouest au
nord, quand tous les vrais promeneurs élégants du dimanche étaient accaparés par Kensington gardens.

Oui, Kensington gardens ! dont beaucoup se souviennent, avec ses ormes altiers et couverts d'ombrage, ses
avenues au gazon verdoyant et touffu où des rangées
de fashionables gentlemen, en sueur et couverts de
poussière, bien bottés et éperonnés, venaient habituellement se mêler aux groupes féminins parés de fleurs
et de plumes, qui, dans ce temps-là, se réunissaient en
foule à ce rendez-vous de la mode.

C'était par un brillant dimanche du mois de juin,
alors que ces jardins possédaient leur titre incontesté
à l'attraction, que Edward Thomson, alors au prin
temps de la vie, plein de force et de santé, comme
beaucoup d'autres..... (heu! nunc quantum mutati!) se
promenait sans but et seul dans la partie des jardins
la plus encombrée.

En disant « sans but, » nous avons peut-être tort; car
Thomson, toujours respectueux et admirateur passionné du beau sexe, s'occupait à dévisager les beautés
du jour les plus marquantes, connues ou inconnues,
exclusivement ou inclusivement, en dépit des om-
brelles qui obstruaient sa vue. Déjà, il en avait re-
gardé un grand nombre, quand, tout à coup, son attention fut attirée vers deux dames qui s'approchaient
dans la direction opposée; et vraiment il y avait de
quoi fixer l'attention de quelqu'un moins observateur
que ne l'était Edward Thomson.

La plus âgée des deux dames était grande, forte et
robuste; au premier abord, elle paraissait avoir cet

âge indécis et respectable que nous placerons entre cinquante et soixante ans.

Mais, quoi qu'il en soit, malgré sa démarche droite et correcte, sa mise et son maintien lui donnaient une apparence plus âgée qu'elle ne l'était en réalité : elle portait un chapeau de forme antique et grotesque, élevé comme une tour et effilé de la base au sommet comme un pain de sucre; sa robe était en riche satin noir, et accusait à peine un pli. L'ensemble enfin ne contribuait pas peu à singulariser le style de cette singulière personne : d'une main, elle serrait le bras de sa jeune compagne, de l'air d'une duègne qui protégerait quelque fardeau fragile tandis que, de l'autre, elle tenait un éventail de dimensions énormes : tout en elle trahissait une connaissance plutôt intime avec la sphère de la vie rurale ou retirée qu'avec celle des coteries gaies et artificielles de la société londonnienne.

Quant à décrire ici les charmes enchanteurs, la tenue modeste et réservée, la symétrie parfaite du gracieux visage de la jeune inconnue qui paraissait avoir à peine dix-sept ans, nous ne saurions l'essayer.

Edward Thomson avait décidé, à première vue, que les deux dames, la mère et la fille, ne devaient résider qu'accidentellement dans la capitale : sans doute des visiteurs venus de la campagne pour jouir des spectacles et plaisirs de toute sorte, qu'offrait alors la belle saison.

Pendant qu'il méditait ainsi, tout en contemplant avec une admiration non partagée la jeune étrangère qui, en ce moment, se trouvait près de lui, la dame âgée, repoussée brusquement en arrière par la foule, laissa tomber par inadvertance l'éventail japonais que, jusqu'ici, elle avait su garder avec une dignité parfaite.

Quelle bonne fortune pour une présentation ! Quel hasard inespéré !

Thomson n'eut garde de manquer une si belle occasion : il ramassa l'éventail, le présenta et le replaça entre les mains de son important propriétaire avec toute la galanterie possible ; il se fit aimable, humble et séduisant.

Cet acte d'hommage fut accueilli par la grosse dame d'un air de condescendance satisfait, et récompensé par une révérence où étaient également mêlés la grâce et l'éclat des anciens temps.

Mais au moment où Thomson reprenait sa position première, abandonnée un instant pour la circonstance, il rencontra dans le regard plein de malice de la jeune femme tant de plaisir et de franche gaieté, que, pendant quelques minutes, sa confusion fut extrême ; le rire étouffé qu'il avait cru entendre, lors de la profonde révérence qui accompagnait son salut en rendant l'éventail, n'était pas, certes, de nature à diminuer son trouble.

Quoique, à cette époque, notre ami Thomson, alors âgé de trente ans, fût distingué de sa personne, et très spirituel, il était ce qu'on peut appeler un homme remarquablement laid : il avait six pieds de haut, il était mince comme un couteau à papier, et son nez avait des proportions phénoménales : il suffisait de l'avoir vu une seule fois pour ne plus l'oublier ; il n'est donc pas étonnant que le portrait authentique que nous venons de tracer en quelques mots eût produit sur le caractère naturellement enjoué et moqueur de la jeune fille l'accès de gaieté intérieur qui s'était trahi par les yeux et qui avait eu pour complément le rire entendu.

Comme un grand nombre de ses pareils, Thomson

n'avait, du reste, aucune conscience que sa personne pût être à un point quelconque l'objet d'un désavantage particulier ; au contraire, il se trouvait très satisfait de la part qui lui avait été dévolue par la nature, et nullement disposé à la déprécier.

Quel que soit le caractère de l'impression produite en cette occasion par la politesse de circonstance de Thomson envers ces dames, en admettant qu'il y en ait eu (ce que nous ignorons), celles-ci continuèrent leur route.

Notre galant gentleman n'avait donc plus aucun prétexte pour prolonger un entretien que rien ne justifiait plus désormais.

Cependant, encore sous le charme des yeux brillants qui l'avaient fasciné de prime abord, il n'hésita pas un seul instant, et changea tout à coup la direction de sa promenade.

Sans être remarqué, il suivit à quelques pas en arrière nos deux inconnues qui s'éloignaient vers la sortie.

Mais alors, sous la pression de la foule et par suite de leur impuissance à retrouver leur cocher perdu au milieu de nombreux domestiques attendant leurs maîtres, elles parurent complètement déroutées et saisies d'inquiétude.

Thomson, jugeant bientôt qu'elles n'avaient pas l'habitude de la foule, et, en même temps, s'apercevant de l'ennui que leur faisait éprouver ce contretemps fâcheux, s'enhardit, et modestement leur offrit ses services, qui furent agréés par la dame âgée.

Celle-ci, dans un langage où se mêlaient à la fois les remerciements et un profond sentiment de l'honneur qu'elle croyait faire, lui fit entendre qu'elle se trouvait particulièrement obligée ; peu faite aux usages de Londres, elle avait dû commettre quelque erreur, et serait heureuse qu'il voulût bien la conduire à sa voiture dont elle donna le signalement.

Thomson, ravi, offrit son bras aux deux dames, invitation qui fut acceptée par la dame âgée, et déclinée poliment par la plus jeune.

Après un parcours d'environ vingt minutes, employé par notre héros à démontrer qu'il était le plus séduisant des mortels, après avoir échappé aux ennuis que lui faisaient éprouver les jurements de cochers à moitié ivres et s'être garé des ruades des chevaux et des voitures, il réussit à atteindre enfin celle qu'il cherchait, derrière laquelle était perché Joseph, le valet de pied, dormant d'un profond sommeil.

Ayant déposé ces dames dans leur coupé, qui, par parenthèse, ainsi que le remarqua Thomson, était d'un jaune brillant avec un aigle noir peint sur les panneaux, il allait prendre congé, lorsque la dame âgée manifesta le désir de connaître le nom du gentleman auquel elle devait tant ; elle était certaine à l'avance que le Dr Mansfield se considérerait grandement son obligé, lorsqu'il apprendrait les services inappréciables qui venaient de leur être rendus.

« Thomson, madame, toujours à votre service, » réponse discrète et sans affectation, accompagnée d'un profond salut de la part du jeune homme.

Gracieux sourire de la dame âgée et ondulation, pleine de dignité, imprimée par elle au fameux éventail.

Enfin, simple inclination de tête de la jeune fille ; puis le coupé jaune, l'aigle noir et Joseph alors complètement réveillé, droit sur son siège, et cramponné aux poignées du coupé, poursuivit sa route vers Piccadilly à travers des nuages de poussière.

A peine l'équipage eut-il disparu, qu'un nouveau cours de pensées s'éveilla dans l'esprit de notre solitaire et galant ami, qui, tout en reprenant le chemin de sa demeure, ne cessait de répéter à mi-voix : « Elle doit certainement s'appeler Mansfield — le cimier — un aigle aussi — c'est extraordinaire ! Quelle charmante jeune fille ! Pourquoi ne serait-elle pas parente de mon ami Harry Mansfield? J'irai m'en assurer demain à la première heure. »

Le lendemain, Edward Thomson quittait, en effet, la maison qu'il habitait dans « Upper Berkley street », pour se rendre à « fig-tree court », dans le quartier du temple (ce qui, pendant une journée brûlante d'été, n'était pas une entreprise facile), et montait rapidement les quatre étages à l'escalier raide et mal entretenu, qui conduisaient à l'appartement de son ami.

Mais celui-ci était absent, et la porte secouée sans succès ne fournit aucune indication, aucun éclaircissement sur le retour prochain du locataire.

Le surlendemain, Thomson renouvela sa visite avec aussi peu de succès que la veille. Il n'en fut pas découragé pour cela; excité par la violente passion qui s'était emparée de sa personne avec la rapidité de la foudre, soit qu'elle fût réelle ou simplement due à une imagination trop vive (ce qui, après tout, croyons-nous, produit le même effet), il y retourna encore le mercredi et fut plus heureux cette fois ; il trouva son ami calfeutré entre les quatre murs de sa sombre et légale tanière.

Thomson et Harry Mansfield se connaissaient depuis quelques années : entrés au collège en même temps, Thomson devait quitter l'Université sans avoir pu obtenir ses grades, un mois ou deux avant que son ami ne l'eût quittée à son tour régulièrement.

Thomson qui, en effet, s'était d'abord destiné aux ordres sacrés, s'était vu renvoyé sans cérémonie de Cambridge, à la suite de certaines habitudes déréglées incompatibles avec la discipline de l'école, tandis que Mansfield, qui n'était cependant guère plus pénétré que lui d'amour pour les règles établies, avait eu néanmoins la bonne fortune d'échapper à un renvoi et en était sorti avec le grade de bachelier.

Malgré tout, les deux jeunes gens étaient devenus relativement plus sérieux et plus rangés, et Mansfield, confiné dans un appartement de quinze pieds carrés, aussi noir et aussi poussiéreux que peut l'être un bateau à charbon, y déployait tout ce qu'il avait d'énergie et d'intelligence pour parvenir à la renommée — à la fortune.

Quoique les espérances qu'il donnait eussent été regardées par tous les sages du barreau, jeunes ou vieux, comme excellentes, depuis huit ans qu'il exerçait la profession d'avocat, Mansfield n'avait encore amassé qu'une somme d'environ 800 francs et quelques centimes, tandis que les dépenses qu'il avait faites pendant l'année écoulée se montaient déjà au chiffre modeste de 8,750 francs, loyer compris.

Quant à Thomson, le souvenir de son expulsion de l'Université était pour lui un sujet continuel de tristesse et d'amertume : non seulement il avait perdu l'occasion de se faire recevoir dans les ordres, mais encore, il avait compromis la possibilité éventuelle de se trouver un jour à la tête d'un rectorat riche et lucratif, dans un des comtés les plus fertiles de l'Angleterre où ni la compensation, ni la composition n'auraient rogné les droits indestructibles et obligatoires aux dîmes de toutes sortes, que ces droits fussent susceptibles de preuves ou non.

C'est pourquoi Thomson, n'ayant que des revenus très limités, se vit forcé de faire partie de cette classe nombreuse que nous ne saurions décrire, mais qui, à Londres, est généralement connue sous le nom de « walking gentlemen ».

Cependant, à peine les deux amis avaient-ils échangé les salutations d'usage, que Thomson faisait à l'avocat le récit détaillé de sa récente aventure de Kensington gardens, en entremêlant sa narration de déclarations diverses et véhémentes sur l'affection soudaine et irrésistible qui, désormais, emplissait son cœur, son âme, toute sa personne.

Convaincu de la parenté de son ami avec ces dames, Thomson le priait instamment de vouloir bien le présenter à elles.

Mansfield s'amusa beaucoup du désir extravagant de son ami, et, lorsqu'il put enfin trouver à placer un mot, reconnut sans peine qu'en effet il était allié aux dames en question. Il informa en outre Thomson que le Dr Mansfield, son oncle maternel, était le recteur de la grande paroisse d'Alderton, attenant à une élégante ville d'eaux, sur la côte méridionale, et il ajouta que ces dames avaient quitté Londres la veille de leur retour chez elles; qu'il avait dîné en leur compagnie le lundi, et que non seulement elles avaient parlé de la rencontre qu'elles avaient faite à Kensington gardens, mais qu'elles avaient encore exprimé tout le regret qu'elles éprouvaient d'avoir oublié le nom du gentleman dont elles avaient en ce jour-là tant à louer l'exquise politesse. Toutefois Mansfield se garda bien d'ajouter que sa jeune parente avait fait de son ami un portrait lui donnant une ressemblance parfaite avec le héron au long bec, description qui eût suffi à Mansfield pour lui faire retrouver aussitôt le nom oublié, si les travaux sérieux de l'avocat lui avaient laissé une liberté d'esprit suffisante dans cette circonstance.

Cependant Thomson, tout en poussant de profonds soupirs, se lamentait sur sa mauvaise étoile, paraissait extrêmement inquiet et tourmenté d'avoir perdu une occasion si favorable à une présentation, d'apprendre que ces dames avaient quitté la ville aussitôt après la dernière réunion du dimanche, de ce que son ami ne fût pas chez lui le lundi matin lorsqu'il était venu pour le voir, etc., etc. ; il termina enfin le récit de ses peines, récit interrompu à chaque instant par les joyeux éclats de rire de son ami, en recommençant une description enthousiaste des charmes de miss Mansfield, sans oublier d'y joindre un portrait ressemblant de la grosse dame au chapeau pain de sucre.

« Oh! s'écria l'avocat qui s'amusait au dernier point, ma tante Mansfield, quant à sa position, sachez qu'elle a droit à une fortune de 20,000 livres sterling, fortune complètement indépendante de celle du docteur. »

« Ne me parlez pas de ce vil argent ; je ne demande qu'à être présenté à ces dames, et vous seul, Mansfield, pouvez me rendre ce service, répliqua Thomson, secrètement heureux pourtant d'apprendre qu'il y avait autant de fortune dans la famille.

« Non, ce n'est pas du vil argent, mais du vrai, de l'argent pur en consolidé 3 pour 100, fit Harry Mansfield en soupirant.

» Je vous le dis en ami, réfléchissez bien et ne négligez pas ma tante Mansfield. »

« Mais, cher ami, répondit Thomson, je ne voudrais, pour rien au monde, mettre obstacle à vos projets ; — déjà, peut-être, avez-vous songé à votre jeune parente

— en présence d'une perspective aussi belle en richesses et — en bonheur, — comprenons-nous bien. »

« Je n'ai jamais désiré et n'ai jamais eu l'idée de former un lien plus rapproché de ce côté.

Vous avez, en ce qui me concerne, toute latitude pour agir à votre aise — n'oubliez pas les 20,000 livres.

Je vous fais le pari que, d'ici un mois, vous aurez adressé deux demandes de mariage à ma tante Mansfield ? »

« Quelle plaisanterie ! Qu'ai-je à faire avec elle ? même en supposant qu'elle voulût bien me seconder dans mes projets — certainement la perspective, en retour, d'une somme de 20,000 livres, qui sait ? »

« Bien ; n'importe, je vous fais le pari, reprit Mansfield — 100 livres st. pour chaque proposition de mariage. — Acceptez-vous, oui ou non ? »

« Mais, quoique votre proposition ait tout l'air, je le répète, d'une plaisanterie, cependant, comme vous m'êtes de beaucoup supérieur sur les choses de la vie, répliqua Thomson, et que, pour m'être agréable, vous paraissez désireux de me faire un cadeau de 200 livres, je tiens le pari. »

« Affaire conclue ! » s'écria Mansfield, tout en prenant note de la date et des circonstances particulières qui avaient amené la gageure.

Comme Thomson n'avait aucune occupation définie, aucun engagement de contracté, rien en un mot qui pût le retenir à Londres, il manifesta à son ami l'intention qu'il avait de se rendre incontinent à la ville d'eaux près de laquelle résidait le révérend Mansfield.

L'idée fut approuvée par l'avocat, qui donna à Thomson quelques lignes d'introduction près de son oncle ; il le prévenait en même temps qu'il y avait une excellente voiture publique partant de Londres à une heure convenable, plus tard que les autres voitures du même genre.

A la demande de son ami, Mansfield écrivit le nom du bureau sur le dos d'une carte et la remit à Thomson qui, tout joyeux et accompagné de toutes sortes de souhaits de l'avocat, prit congé en emportant précieusement la lettre et la carte.

Cependant, tout admirateur passionné du beau sexe qu'était certainement Edward Thomson, et amoureux, comme il en était persuadé, de la jolie promeneuse de Kensington gardens, nous devons pourtant avouer que son ardeur et son empressement, dans la poursuite où il allait s'engager, n'étaient pas médiocrement aiguisés par la perspective entrevue de l'union de la richesse avec les charmes personnels de la jeune fille.

« Si la tante Mansfield était à la tête de 20,000 livres lui appartenant en propre, fortune indépendante de celle du Docteur assurément, pensait-il, toutes sortes de raisons existent pour qu'une forte portion ou même la totalité de cette somme revienne un jour, selon toute apparence, à l'objet de mes rêves. »

A qui du reste pourrait-elle revenir? puisqu'il n'avait ouï parler d'aucun autre enfant, fille ou garçon?

Thomson était en ces matières un calculateur, ou mieux un spéculateur à l'esprit prompt et vif; nous l'avons déjà dit — il avait une très bonne opinion de sa personne — de son savoir-vivre — de ses talents. La nature est assez juste dans ses répartitions : quoiqu'elle eût refusé à notre héros les avantages d'un physique engageant, elle l'avait doté de la faculté de se juger sous ce rapport autrement que ses semblables. De plus, Ned Thomson avait un grand empire sur lui-même (beaucoup diront que c'était une froide impudence) toutes les fois qu'il s'efforçait de s'attribuer une qualité quelconque.

Depuis longtemps, il cherchait en vain une femme jeune, belle et élégante qui, en retour du nom distingué et enviable de Thomson, le gratifierait de terres labourables, de gras pâturages ou de terrains boisés — de mines de charbon, d'étain ou de plomb— d'actions de canaux — de baleiniers au Groenland ou dans les mers du Sud — de pêcheries de saumon — de consolidés 4 pour 100, 3 pour 100 — à termes réduits — à courtes ou longues annuités, ou même de rentes à bail emphytéotique.

Jusqu'ici, ses nombreuses tentatives pour arriver à réussir dans une si louable entreprise n'avaient pas été heureuses, mais, d'un autre côté, il en avait retiré une certaine expérience de la vie qui avait contribué à rendre plus raisonnables les magnifiques projets formés par lui dans le principe, et à restreindre ses espérances exagérées d'autrefois ; de sorte que Ned était devenu, en réalité, plus réservé dans ses désirs qui, de 40,000 livres qu'ils étaient autrefois, étaient graduellement descendus à 30,000, puis à 20,000, et enfin, avouons-le, seraient descendus encore à un chiffre de beaucoup inférieur, si nous écoutions ce que rapportaient à ce sujet certaines gens disposés à la médisance.

Toutefois, chers lecteurs, ne vous hâtez pas de porter un jugement trop sérieux sur le héros de cette histoire : la pauvreté en général n'est pas gaie, et pour un gentilhomme, en particulier, c'est la pire des afflictions : franchement, n'est-il pas aussi sage et aussi louable de se marier par amour de l'argent, que par amour de la beauté ? Si la santé porte en elle des ailes et s'envole, certes, la beauté, quand une fois elle a commencé à décroître, rencontre fatalement, malgré son bon génie,

2

« la vaccine », des cas imprévus suffisants pour être rapidement réduite à néant.

Vingt-quatre heures s'étaient écoulées, et Thomson, le sac de voyage à la main, et le porte-manteau en sautoir, prenait place dans la diligence que lui avait recommandée son ami.

A l'heure aristocratique de onze heures du matin, ce modèle parfait de rapidité et de confort, attelé de quatre chevaux bais, plein d'ardeur, quittait Piccadilly avec l'engagement pris par l'automédon de conduire et de déposer à bon port, en dix heures un quart, voyageurs et bagages (quoique la distance à parcourir dépassât cent milles).

La journée était belle. Thomson, dont l'esprit exubérant se trouvait encore excité par la rapidité et la commodité du voyage, se surpassa dans l'entretien plein de bonne humeur et de gaieté qu'il eut avec ses compagnons de route.

L'un des trois voyageurs, un gentleman d'un certain âge, petit, difforme, vêtu de noir, qui se tenait vis-à-vis de Thomson, engagea la conversation avec lui et la continua pendant la plus grande partie du voyage.

Thomson, qui était au courant de tous les commérages de Londres, amusa beaucoup son compagnon attentif en lui racontant un grand nombre d'anecdotes plaisantes, ce qui était du nouveau pour quelqu'un résidant loin de la capitale et n'y venant qu'accidentellement.

Lorsque la diligence fut arrivée à la barrière, à environ un mille du point d'arrivée à D..., le voyageur petit, difforme et de noir habillé, descendit avec ses bagages à la porte de la guérite de péage, en attendant un nouveau moyen de transport qui devait le mener jusque chez lui.

Au moment où la voiture allait repartir, il s'aperçut qu'il n'avait pas assez de monnaie pour donner au conducteur.

Thomson le remarqua et offrit aussitôt gracieusement ses services qui furent refusés poliment et avec gratitude par le petit homme, le garde-barrière lui ayant remis ce dont il avait besoin.

Cependant, avant que la diligence n'eût repris sa marche rapide, le voyageur inconnu eut encore le temps d'exprimer à son compagnon de route tout le plaisir qu'il avait éprouvé pendant le voyage, lui apprit qu'il habitait tout proche de la ville de D... et qu'il serait heureux de connaître (il ne croyait pas qu'il y eût en cela aucune indiscrétion) le nom du voyageur qu'il ne saurait oublier; et, en même temps, il lui remettait sa carte.

Thomson, de son côté, ne fit aucune difficulté pour lui présenter la sienne :

« Bonjour, monsieur. »

« En route », cria le conducteur.

La voiture partit au galop et cinq minutes plus tard, un garçon tenant une bougie de chaque main guidait Thomson vers un appartement commode et bien décoré, à l'hôtel du « Cormoran », vaste établissement à la fois peu cher et fashionable, situé dans « high street » à D...

Il faisait nuit complète, lorsque l'échange des cartes avait eu lieu entre Thomson et l'inconnu, de sorte qu'ils ignoraient l'un et l'autre complètement leur nom et adresse; aussi, à peine installé dans le confortable hôtel où il était descendu, Thomson s'empressait d'examiner la carte qui lui avait été remise, et à sa grande surprise, lisait en lettres gravées :

« Rév. Dr Mansfield, recteur Alderton. »

Si son étonnement fut grand, la contrariété qu'il éprouva le fut encore davantage en pensant qu'il avait pu se trouver par hasard pendant dix heures, en compagnie du père de la charmante miss Mansfield, sans avoir eu, par sa faute, l'occasion de se faire connaître, alors qu'une lettre d'introduction écrite par son ami le neveu du docteur, reposait paresseusement dans la poche de son habit; vraiment, il y avait de quoi être de mauvaise humeur!

Cependant, afin de dissiper la vive contrariété qui s'était emparée de sa personne, Thomson sonna et demanda au garçon quels étaient pour le moment à D... les amusements à l'ordre du jour.

« Mais, monsieur, il y a ce soir, ne le saviez-vous pas, un grand bal de charité à la salle des réunions, auquel assisteront, sans aucun doute, et en masse, tous les gens de qualité : Lady Flasch, Hon. MM. All-cash, squire Kettering, etc., etc. »

« Croyez-vous, s'écria l'impatient Thomson, que la famille du recteur d'Alderton doive y aller? »

« Oh! les Mansfield, monsieur, répondit son obligeant interlocuteur — certainement — car ils ne manquent jamais un bal. »

« A quelle heure commence-t-il? »

« A dix heures précises, monsieur, mais vous avez tout le temps nécessaire. Il n'est que neuf heures et demie. »

Thomson ne prolongea pas un instant de plus l'entretien; d'un bond, il se précipita dans sa chambre pour y faire une toilette appropriée à la circonstance.

Il y réussit, non sans peine, et bientôt il apparut dans toute la splendeur d'un brillant habit couleur prune, aux boutons d'acier poli, à la cravate d'indienne à mille plis, au gilet d'un blanc de neige, aux bas de soie d'un rose éclatant et enfin à la culotte de nankin avec des touffes aux genoux (car à cette époque, il eût été de la dernière inconvenance de pénétrer dans une soirée dansante avec un pantalon qui n'eût pas rempli ces conditions).

Gem. Simmons, le garçon en second, tout en se disposant à indiquer à notre héros le chemin qu'il devait prendre pour se rendre à la salle de bal, ne put s'empêcher de cligner de l'œil à la remarque énigmatique qui lui fût faite à mi-voix par le garçon en premier sur le gentleman au long nez.

Mais nous nous abstiendrons (et pour cause) de la répéter à nos lecteurs.

La salle de bal, à l'arrivée de Thomson, était dans tout son éclat, et présentait l'aspect le plus gai — les danses étaient déjà commencées; — l'une d'elles fatigante, exhilarante, une véritable course, disons-le, attirait particulièrement les regards des spectateurs

Qu'on se représente, en effet, des files de jeunes personnes aux regards animés par le plaisir, conduisant un nombre égal de cavaliers de tous âges, aux lourds talons et couverts de sueur, se suivant à la queue-leu-leu, aux accords inspirateurs de « *Money musk*, » air en vogue à cette époque, sur le tapis parsemé de couronnes roses, blanches et bleues, mêlées de chardons, trèfles, etc., tapis qui ornait le plancher, et le lecteur n'aura encore qu'une idée bien imparfaite de l'aspect que présentait la salle en ce moment.

Cependant, Thomson regardait anxieusement de tous côtés, cherchant à découvrir l'aimant irrésistible qui l'avait amené à D. où il avait compté retrouver l'objet de ses espérances, de ses désirs et de ses efforts.

Enfin, à sa grande satisfaction, il aperçut bientôt sur l'une des banquettes la corpulente dame de Kensington gardens, occupée à surveiller d'un œil attentif le groupe des danseurs.

Elle portait, ce soir-là, un ample costume en velours cramoisi, dont la coupe ancienne et les ornements bizarres auraient pu appartenir, sans conteste, à l'époque où brillait alors Sarah Jemmings, la célèbre duchesse de Marlborough.

Sa coiffure d'emprunt, ornée d'une aile de corbeau, surmontée d'un turban jaune, complétait la riche architecture de sa toilette; ses joues pleines avaient toute l'apparence de pivoines en fleurs et cependant, dans les dispositions d'esprit où se trouvait en ce moment Thomson, il n'eût pu trouver le moindre prétexte à plaisanteries : il ne vit qu'une femme âgée, respectable et de bonne compagnie.

Un siège se trouvait vacant près d'elle. Thomson s'en empara et renouvela connaissance sans avoir recours à une nouvelle présentation; bannissant toute cérémonie, il fut agréable et écouté avec plaisir, avant même qu'il eût fait mention des rapports d'amitié qui l'unissaient depuis longtemps à son neveu Harry Mansfield, et de la lettre d'introduction que ce dernier avait bien voulu lui remettre à l'adresse des Mansfield, sans oublier enfin son voyage en compagnie du Docteur, etc.

D'un autre côté, le porteur du costume éclatant et du turban jaune, accepta le bras de Thomson qui l'accompagna dans la salle des rafraîchissements où du thé à la crème, de la limonade bouillante, du vin chaud sans sucre et des tartines de pain beurré étaient distribués aux dames et aux messieurs affamés et altérés.

Elle lui exprima tout le regret qu'elle avait éprouvé d'avoir oublié son nom, lui fit connaître que le Dr Mansfield serait heureux de le voir; qu'il avait été retenu à Londres pour affaires et n'était arrivé que depuis peu dans sa cure, qu'il viendrait certainement au bal ce soir, peut-être un peu tard, pour reconduire ces dames chez elles.

Thomson fut enchanté de la tournure que prenait la conversation; il ne douta pas un instant de l'impression favorable qu'il avait produite et aussitôt, son imagination enfanta mille châteaux en Espagne : son amie au turban, il en était convaincu, allait défendre certainement sa cause près de miss Mansfield, elle le seconderait, il n'y avait pas en douter, dans la démarche délicate qu'il allait entreprendre à cet égard.

Enfin, les 20,000 livres ne sortiraient pas de la famille! Leur promenade d'une pièce à l'autre avait un tel caractère de dignité et d'élégance, que tous les yeux étaient braqués sur le gentleman au grand nez, à la taille élevée, et la grosse dame à la face épanouie, à la robe de velours rouge et à la perruque noire à l'aile de corbeau.

Mais pendant tout ce temps, les pensées ou les regards de Thomson étaient-ils uniquement consacrés à la dame dont il s'était fait le cavalier?

Oh! non, Ned savait qu'il était prudent, dans cette circonstance, de faire son jeu adroitement, et une seule fois, il s'était risqué à lui faire entendre qu'il espérait que la santé de Miss Mansfield était bonne.

Néanmoins, un premier coup d'œil scrutateur avait été promené par lui sur toutes les parties de la salle, examinant chacun des trente-cinq couples de danseurs qui défilaient devant lui, tous se livrant au plaisir dans le but charitable de venir en aide à l'institution du comité : « l'asile des veufs et des veuves. »

Son regard découvrit enfin, parmi la foule, l'objet enchanteur qu'il cherchait : nous avons nommé Miss Mansfield, plus belle que jamais.

La jalousie de Thomson fut quelque peu, sans doute, excitée en remarquant que la jeune fille, selon toute apparence, paraissait plus satisfaite de ses mains entrelacées avec celles de son cavalier, et encore plus heureuse des entretiens familiers qu'elle échangeait de temps à autre à voix basse avec le brillant officier de dragons à l'uniforme galonné et bariolé sur toutes les coutures ; jalousie, hâtons-nous de le dire, qui n'était cependant pas assez développée pour que la modestie de Thomson pût souffrir un seul instant du parallèle, et perdre quelque chose à la comparaison. Toutefois, il ne pouvait complètement se dissimuler que l'officier ne se trouvât pour l'instant sur un terrain de beaucoup plus avantageux, et Thomson n'en était que plus impatient de démontrer que sous le rapport de la danse, surtout en province, il pouvait y avoir chance égale entre lui et son rival supposé.

C'était, en effet, un danseur émérite que notre héros, un danseur infatigable et qui s'enorgueillissait, à tort ou à raison, d'exceller en toutes sortes de (Battements), depuis les cotillons conduits par sir Roger de Coverby jusques et y compris ceux plus récents dirigés par Bath, et, anxieux, il attendait avec impatience le moment favorable de mettre en évidence son savoir-faire et d'arriver par là (il le croyait du moins) à captiver son enchanteresse.

Enfin ce moment tant désiré arriva. Quand les violonistes, les flûtistes, les joueurs de clarinette, etc., eurent manifesté le désir de goûter un repos bien m rité, et aussi de participer à des rafraîchissements bien gagnés, la musique cessa de se faire entendre et chaque cavalier s'empressa d'aller remettre sa danseuse entre les mains de son (*chaperon*).

Le beau dragon conduisit Miss Mansfield à sa place, avec l'allure militaire due généralement au métier des armes, lorsqu'en passant près de Thomson, la jeune fille parut reconnaître le gentleman de Kensington gardens, et son regard lui fit comprendre qu'elle ne l'avait pas oublié.

Thomson s'inclina jusqu'à terre, en souhaitant en secret le prompt départ de l'officier, car il s'était imaginé ou avait cru voir entre eux un échange de tendres regards et des poignées de mains plus prolongées qu'il n'est d'habitude, entre danseur et danseuse, dans un bal de province.

La dame au turban fit alors connaître à la jeune fille, l'amitié qui unissait Thomson à Harry Mansfield et le voyage qu'il venait de faire en compagnie du docteur.

Sous l'influence de son succès, Thomson, prenant une attitude des plus intéressantes, se hasarda à solliciter de Miss Mansfield l'honneur d'être son cavalier.

D'abord la jeune fille parut hésiter ; elle le regrettait, mais elle était engagée déjà pour plusieurs danses, etc.

Heureusement pour Thomson, que son amie la dame au turban intervint : vous savez, Charlotte, que si l'on commence par un cotillon, le capitaine Lorington ne le danse jamais.

La fortune souriait à notre héros, car le brillant capitaine de dragons était alors à quelque distance, empêtré dans une inextricable conversation avec Mistresse Mattock et ses trois filles.

Tout-à-coup, le maître de cérémonies, secouant la

poussière qui ternissait ses beaux gants de Wood Stock, donna à l'orchestre l'ordre de commencer un cotillon.

L'on ne pouvait alors supposer que cette danse, aujourd'hui en honneur dans les plus grands salons, serait des plus maltraitées à cause de son nom, et, privée de son droit légal au titre de quadrille.

Lorsque par hasard on s'aventurait à l'admettre de concert avec les autres danses locales, elle était aussitôt l'objet d'une vive curiosité, car il y avait peu d'amateurs parmi les habitués des bals capables de se montrer bons exécutants en ce genre et le plus grand nombre, du reste, préféraient faire cercle autour des danseurs, ou rester sur leurs banquettes en spectateurs curieux et désintéressés.

Cependant Miss Mansfield avait enfin consenti à accepter Thomson pour son cavalier.

Nous renonçons à décrire la joie de notre héros : sûr de lui-même, rompu aux figures les plus compliquées et aux pas les plus gracieux de cette danse distinguée, il allait enfin pouvoir montrer son habileté et sa supériorité sous ce rapport.

Le cotillon une fois formé, l'orchestre attaqua ses plus brillantes mélodies et les danseurs se mirent en mouvement.

Alors, la « *chaine des dames*, » « *le moulinet*, » la « *ronde* » etc., furent successivement invoqués par Thomson le coryphée de l'assemblée, qui déploya en cette circonstance l'activité la plus grande en exécutant le « *chassé*, » la « *pirouette*, » les « *entrechats*, » les « *ailes de pigeon*, » le « *pas de basque*, » etc., dans un style inconnu jusqu'ici dans la petite ville de D.

L'étonnement de Miss Mansfield était à son comble,

et son « *chaperon* » à la robe écarlate, qui avait osé confier sa précieuse personne à l'appui incertain d'une chaise en rotin, s'assit afin d'admirer plus à son aise les merveilleux exercices de son nouvel ami.

Tous les spectateurs avaient les regards fixés avec admiration sur le gentleman au long nez, à l'habit couleur prune et à la culotte de nankin.

Quant à notre héros, il était arrivé à la partie la plus intéressante du cotillon, à la gracieuse figure du « *cavalier seul* » et il allait battre un « *entrechat* » de cinq, lorsque, levant les yeux avec une humilité affectée sur la foule des spectateurs en extase, il aperçut pour la première fois son vénérable compagnon de route le docteur Mansfield qui l'examinait tout particulièrement et avec une certaine persistance.

Lorsqu'il eut terminé son « *cavalier seul,* » notre héros, enchanté de lui-même, fit au docteur une salutation polie qui lui fut froidement rendue à distance d'un air hautain ; c'était incompréhensible. Le petit homme à jambes arquées désapprouverait-il ses attentions envers Miss Mansfield ? Quelle pouvait en être la cause ?

Il remarqua, en outre, que le docteur parlait avec vivacité et à voix basse à un groupe de quatre ou cinq personnes, qui l'entouraient, et parmi celles-ci, il crut reconnaître le maître de cérémonies et le capitaine Lorington ; de toutes parts des regards irrités étaient dirigés sur lui.

Le cotillon allait finir.

Quelques instants plus tard, Thomson reconduisait à sa place la charmante Miss Mansfield, lorsqu'il aperçut se dirigeant vers lui M. Mignonette, le maître de cérémonies, marchant sur la pointe des pieds, et qui, arrivé en sa présence, s'inclina tout d'une pièce.

De son ton doux et habituel, il pria notre héros de vouloir bien lui faire l'honneur de lui accorder un moment d'entretien dans la pièce voisine où ils se rendirent aussitôt suivis du docteur, du capitaine de dragons et de deux ou trois autres personnes.

Alors M. Mignonette lui demanda si Thomson n'était pas son nom ? Sur sa réponse affirmative, le maître de cérémonies, du même ton calme et poli, lui fit comprendre à mots couverts et en termes les mieux choisis, que sa surprise était grande en apprenant que « *Monsieur* » Thomson avait osé s'aventurer dans une société aussi respectable et aussi distinguée, et l'invita tranquillement à sortir.

Thomson était confondu ; mais se remettant presque aussitôt et regardant fièrement le maître de cérémonies en face, il essaya de protester ; ce fut en vain, un cri général de « *chassez-le* », « qu'il parte à l'instant » se fit entendre. Les regards du capitaine devenaient féroces, le révérend docteur était pourpre de colère et le doux Mignonette pâle d'indignation.

Thomson voyant qu'il ne pouvait parvenir à se faire entendre, et jugeant que toute résistance était inutile, quitta le bal en jurant qu'on aurait bientôt de ses nouvelles et que l'habit seul du révérend docteur le protégeait en ce moment.

Comme il descendait précipitamment l'escalier, le petit homme aux jambes arquées lui cria en matière d'adieu : « *Monsieur* » Thomson, je suis persuadé que votre expulsion de notre bal ne vous empêchera pas de prendre les « *ordres* » et d'obtenir, un jour ou l'autre, un « *bénéfice* » quelconque.

Thomson entendit, et l'eût volontiers jeté par-dessus la rampe, s'il eût pu l'atteindre ; mais, déjà, le docteur avait disparu.

« Sans nul doute, pensait notre héros, l'intention du docteur était de m'insulter, en faisant allusion à mes anciennes infortunes, mon expulsion de Cambridge, et par suite mon espoir déçu de n'avoir pu me faire recevoir dans les ordres. Mais, comment diable a-t-il appris cela ? »

Thomson, tout à ses réflexions et à sa colère, marchait d'un pas rapide : il pleuvait à torrents, les ruisseaux débordaient; le malheureux gentleman, dans ses habits de soirée, et en bas de soie, s'il n'était pas tout à fait calme, était du moins mieux préparé à prendre une détermination plus réfléchie pendant le temps qu'il mit à regagner son hôtel.

D'abord, sa première idée fut d'envoyer un cartel à l'officier de dragons et au maître de cérémonies; mais la prudence l'emporta dans cette circonstance; il rédigea un billet pour le docteur Mansfield en le priant de lui faire connaître la cause qui avait motivé son renvoi du bal et en y joignant la lettre d'introduction du neveu du docteur.

Il était trop tard quand il eut terminé son épître pour l'envoyer ce soir-là; il se mit au lit et dormit d'un profond sommeil jusqu'à une heure avancée du lendemain, malgré sa fatigue et les émotions diverses qu'il avait éprouvées.

La pluie tombait toujours; heureusement pour Thomson, honteux de quitter l'hôtel, et de se montrer en public, avant que l'affaire qui avait donné lieu en ville à toutes sortes de suppositions n'eût été suffisamment éclaircie, et à son avantage, comme il l'espérait.

Sa lettre fut envoyée au rectorat, et bientôt arriva la réponse qui dénotait de la part du Docteur un naturel des plus pacifiques, contrairement aux sentiments irrités du gentleman offensé.

Il lui disait, qu'ayant eu le plaisir de prendre connaissance de la lettre d'introduction de son neveu, il s'avouait coupable d'une méprise regrettable au dernier point, erreur sans excuse et impardonnable : il avait réellement pris M. Thomson pour un tailleur et, afin de lui prouver ce qui avait motivé cette erreur, il prenait la liberté de lui renvoyer ci-incluse la carte qui lui avait été remise par Thomson lui-même en échange de la sienne, au moment de se quitter; qu'il allait s'empresser de fournir sur l'heure à M. Mignonette, au capitaine Lorington et à tous ceux qu'il pourrait voir, les explications nécessaires pour effacer la mauvaise impression produite à son sujet dans cette malencontreuse affaire.

Il terminait en manifestant l'espoir que Thomson, aussitôt que le temps le permettrait, voudrait bien lui faire l'honneur de se présenter sans cérémonie et sans façon au rectorat, où ces dames seraient heureuses de recevoir sa visite.

« Est-il fou ! » s'écria Thomson après avoir lu. « Que veut-il dire ? » Et en même temps, il ramassait la carte qui avait glissé sur le parquet; mais alors, à sa grande surprise, il s'aperçut que cette carte n'était qu'une adresse vulgaire, imprimée et ainsi conçue :

« *Thomson, tailleur, maison de confections, n° 15, Holborn Hill.* »

En retournant machinalement cette carte, le mystère fut dévoilé : c'était celle où Harry Mansfield avait écrit l'adresse du voiturier qui devait conduire son ami à D... et que Thomson, sans y faire autrement attention, avait conservée dans sa poche pour la remettre plus tard au Docteur, alors que la nuit, déjà venue, ne lui avait pas permis de distinguer si l'adresse était écrite à la main ou en caractères d'imprimerie.

Dans le courant de la journée, la pluie n'ayant pas cessé, des cartes de visite furent envoyées à notre héros par le capitaine Lorington et par le maître de cérémonies, accompagnées du regret qu'ils éprouvaient l'un et l'autre de ne pouvoir, à cause du mauvais temps, se présenter en personne à son hôtel, afin de lui exprimer leur profond regret, et lui offrir leurs respectueux hommages.

Inutile d'ajouter que tous les plans belliqueux et les projets de vengeance de Thomson furent abandonnés à l'instant; et la tranquillité et le bonheur reprirent de nouveau possession de notre héros : tout en effet, le mauvais temps excepté, souriait désormais à Thomson.

Le baromètre baissait encore, et le jour suivant fut aussi pluvieux que le précédent. Cependant le maître de cérémonies, M. Mignonette, vint le voir : il fut d'une politesse charmante, et amusant en même temps; il plaisanta agréablement et sans trop appuyer cependant sur l'erreur commise par le petit docteur. Il complimenta Thomson sur sa manière élégante de danser, et finit par lui apprendre qu'il avait dîné la veille au rectorat; il lui ajouta confidentiellement qu'il savait que Thomson était dans cette maison le favori de ces dames, et, en particulier, celui de Miss Mansfield.

Le ton d'assurance de M. Mignonette, en lui parlant ainsi, paraissait tel, que Thomson se persuada aisément que quelque commission d'une nature favorable à ses projets lui était communiquée officieusement par l'intermédiaire complaisant du maître de cérémonies.

Après le départ de M. Mignonette, notre héros ne perdit pas un instant pour agir en conséquence.

D'abord, il pensa qu'il serait plus convenable d'aller en personne faire visite au rectorat; mais, avant de donner suite à ce projet, il s'arrêta à l'idée extravagante d'adresser à Miss Mansfield le billet suivant qui fut le soir même envoyé à destination :

« *A Miss Mansfield*.

» Il y a des circonstances dans la vie » où le courant irrésistible de nos sentiments peut nous pousser à des actes en apparence inconvenants; ce doit être mon excuse. Tout d'abord, je me suis aperçu que ma destinée était accomplie, en voyant celle à qui mon cœur, ma fortune et ma vie sont voués à jamais.

» Laissez-moi espérer que ce désir ne sera pas déçu. Oh! ne détruisez pas le rêve de bonheur formé par votre sincère et dévoué serviteur. »

» Edw. Thomson. »

N'ayant pas reçu de réponse à cette lettre, l'impatient gentleman, sans vouloir attendre un jour de plus, en écrivit une seconde ainsi conçue :

« *A Miss Charlotte Mansfield*.

» Je suis au désespoir, en songeant que déjà, sans doute, j'ai pu vous offenser ! De grâce, pardonnez-moi. Que reste-t-il désormais à un malheureux qui ne saurait survivre à un refus de la part de l'objet aimé ? Et cependant, je n'ose croire encore à un refus aussi cruel. Ayez pitié de votre adorateur :

» Edw. Thomson. »

Cette lettre écrite et cachetée, Thomson, après avoir réfléchi quelques instants, la plaça dans sa poche avec l'intention de la remettre lui-même au rectorat dans le cas où il ne pourrait obtenir une entrevue avec la charmante Charlotte.

Dès le lendemain, à la première heure, Thomson se dirigea vers Alderton.

Il allait atteindre l'habitation du Docteur, lorsqu'en passant devant le presbytère, il remarqua une certaine agitation.

S'étant informé, il apprit qu'on allait y célébrer le mariage d'un ami de la famille Mansfield ; qu'une partie des invités était déjà rendue, mais que les mariés n'étaient pas encore arrivés. Sur ce, Thomson y entra à son tour sans que sa présence eût été remarquée ; il jeta un coup d'œil rapide autour de lui, et aperçut bientôt les dames Mansfield assises dans le banc réservé à la famille du recteur.

La plus âgée, coiffée de l'inévitable chapeau pain de sucre, vêtue de la robe de satin qu'elle portait jadis à Kensington gardens et tenant toujours à la main le fameux éventail japonais bien connu de nos lecteurs.

A sa droite, modestement parée et ressemblant à une jeune mariée, se tenait Miss Charlotte.

Il parut à Thomson que la conversation engagée à voix basse entre les deux dames avait trait à quelque remontrance adressée à la jeune fille ; toutefois, celle-ci, tout en écoutant, les yeux baissés, ne semblait y prêter qu'une médiocre attention.

«Oh ! oh ! pensa Thomson, Charlotte a communiqué ma lettre, et sans aucun doute, les apprêts du mariage auquel elle va assister ont contribué à faire naître des avis et des réflexions de circonstance de la part de sa compagne. »

Thomson sortit comme il était entré, et, puisque la famille Mansfield était absente, il n'avait plus qu'à remettre simplement au rectorat sa seconde lettre; ce qu'il fit, en prévenant le domestique qu'il reviendrait.

Le Docteur était absent, lorsque, un peu plus tard, il se présenta de nouveau; mais ces dames étaient rentrées, et il fut introduit au salon, où, à sa grande satisfaction, il trouva Miss Mansfield seule.

La jeune fille s'avança gracieusement vers lui, en tendant la main, puis, tout en riant, s'efforça d'excuser la bévue singulière qui avait été commise à son préjudice par le Docteur, en faisant toutefois remarquer, avec malice, « que ce n'était là, du reste, que la continuation de la comédie des erreurs ».

Puis, passant à un autre ordre d'idées : « Ignorez-vous que j'ai reçu une demande en mariage d'une certaine personne qui porte ou qui a pris votre nom pour la circonstance ? Tenez, lisez. » Et, en même temps, l'espiègle tendait à Thomson la lettre que nous connaissons.

« Pardonnez-moi, ange adoré, s'écria Thomson en tombant aux genoux de la jeune fille; je reconnais ma présomption. Je vous aime, je vous respecte, je... »

Mais cette magnifique tirade fut subitement interrompue par un léger coup frappé à la porte; et en même temps, entrait la femme de chambre qui, après avoir chuchoté quelques mots à l'oreille de sa maîtresse, se retira.

Celle-ci quitta à son tour le salon, en cherchant à réprimer le fou rire qui s'était emparé d'elle.

Quant à Thomson, il s'était relevé tout confus, et ne savait s'il devait rester ou sortir, lorsque entra son amie au chapeau pain de sucre, qui, lui ayant souhaité la bienvenue, l'invita à s'asseoir, tandis qu'elle-même prenait un siège, et s'y installait gravement.

Thomson pressentit que les événements se précipitaient : « Elle doit être au courant de ma correspondance, » pensa-t-il. Et, saisi de crainte et de respect, il s'assit en silence.

La conversation prit d'abord un tour hésitant, et se traduisit de part et d'autre par des circonlocutions, des remarques évasives, se tint enfin dans des généralités banales, lorsque, au bout d'un instant, la grosse dame, d'un accent timide et bas, dit :

« Monsieur Thomson, vous avez daigné adresser une lettre. »

« Oh! madame, pardonnez-moi, je le confesse, » répondit Thomson.

« Monsieur, je suis peu disposée à vous blâmer; mais, vous savez, la chose si imprévue, et je ne voudrais pas prendre en mauvaise part, ou juger mal les expressions. »

« Prendre en mauvaise part! juger mal! s'écria notre héros. Je vous assure, madame, et j'en fais le serment, que ma proposition est des plus sincères et des plus désintéressées. « Et Thomson saisit la main encore belle de son interlocutrice.

« Oh! monsieur Thomson, je n'en doute pas; mais la prudence... vous permettrez... cependant, je serai franche, je ne ferai aucune objection. »

« Que Dieu vous bénisse, madame! » s'écria Thomson.

« Mais que vont penser mon frère et ma sœur? »

« Frère, sœur, madame! Vous voulez sans doute parler de votre neveu, mon ami Harry Mansfield. Soyez sans inquiétude, il connait déjà mes sentiments. »

« Quelle chose étrange! Vraiment, c'est extraordinaire que deux événements de la sorte aient lieu en même temps, dans notre famille! »

« Deux événements ? Quel autre événement, madame ?

« Comment, vous ne saviez pas, cher ami, que Charlotte doit se marier le mois prochain ? »

« Charlotte, Charlotte qui, quelle Charlotte ? » fit Thomson étonné.

« Mais, ma sœur Charlotte, Charlotte Mansfield assurément, qui est fiancée au capitaine Lorington. »

Il serait impossible de dépeindre la surprise, la confusion et la consternation de notre ami Thomson stupéfait, jusqu'au moment où, faisant appel à tout son sang-froid, il obtint de Miss Mansfield, non moins étonnée, l'explication suivante :

Le père du docteur Mansfield s'était marié de très bonne heure, et avait eu trois enfants : le docteur James, le père de Harry l'avocat et Miss Mansfield, la propriétaire du chapeau pain de sucre et de l'éventail japonais.

Ayant perdu sa femme, il se remaria à un âge avancé et, de ce second mariage, naquit un enfant, l'aimable Charlotte, qui, après la mort de son père, vécut constamment entre son frère le docteur et sa sœur, et, par suite de la disproportion d'âge, fut traitée par eux plutôt comme leur fille qu'autrement.

Par conséquent, la tante Mansfield et sa sœur se trouvaient toutes deux parentes de Harry l'avocat au même degré.

La plus âgée répondait au nom de Miss « Mansfield » et la plus jeune à celui de Miss « Charlotte »; de là provenaient les méprises de Thomson.

Sa première lettre, adressée à Miss Mansfield, était parvenue à celle-ci, et avait été lue très sérieusement par elle, ainsi que nous venons de le voir dans l'entrevue qui venait d'avoir lieu au salon entre Miss Mansfield et Thomson.

Ce dernier, ayant recouvré sa présence d'esprit, calcula la bévue qu'il venait de commettre, et, ce qui tirait encore plus à conséquence pour un gentleman peu fortuné, c'était la perte du double pari de 100 livres, puisqu'il avait réellement adressé, il ne pouvait s'en dédire, deux propositions de mariage à deux tantes Mansfield.

Une ressource lui restait :

Charlotte avait droit, par sa mère, à une fortune indépendante pouvant se monter à environ 20,000 livres ; mais sa sœur possédait de son côté une somme de 12,000 livres lui appartenant par droits exclusifs et qui était placée dans « l'East India Stock », et une maison dans la ville de D. louée à un excellent locataire.

Thomson, nous le savons, était prudent à ses moments : Miss Mansfield, l'aînée, ne rétracta pas le consentement qu'elle avait donné ; Thomson fit bonne contenance, et peu de temps après, ils devinrent mari et femme.

Depuis lors, vingt ans se sont écoulés : la belle Charlotte, maintenant Lady Lorington, a une famille de dix enfants, mais elle est encore agréable et jolie.

Lady Thomson, quoique très âgée et infirme, vit encore, tandis que son affectionné époux, Ned, a abandonné tout titre à son ancienne célébrité chorégraphique ; il est devenu gros, lourd et goutteux.

Le petit docteur n'est plus.

Son héritier Harry a vendu ses éditions de Coke sur Littleron, Blackstone, les rapports à termes, et tout ce qu'il possédait d'ouvrages en ce genre, moyennant la somme de 20 l. 10 sh. et 6 pence, et vit en gentilhomme campagnard.

Harry fait souvent la remarque que s'il a perdu deux

tantes Mansfield, il a gagné en retour un oncle Thomson.

B. N. — L'oncle Thomson se comporte très mesquinement avec son neveu, car jamais il n'a songé à lui payer le montant du double pari perdu.

LA MAISON KELLINGHAM

Eustache Deloraine et son ami lord Mortimer, disant adieu pour quelques jours aux plaisirs bruyants de la capitale, quittaient Londres un matin de juillet 183., se dirigeant vers la villa qu'habitait pendant la belle saison la famille d'Eustache.

Cette maison de campagne était située à environ trois milles de la grande cité.

C'était l'heure du silence, celle qui prédispose le plus notre esprit à subir une certaine impression vague de profonde tristesse et de malaise indéfinissable, et peut-être aussi le seul moment de la journée, dans le voisinage de Londres, où le bourdonnement affairé de l'homme rivé au travail n'arrive pas à l'oreille, avec ce murmure incessant qui indique les approches d'une ville immense et populeuse.

Le jour paraissait à peine ; le soleil n'avait pas encore dissipé les nuages brumeux qui pendaient en festons au coin de chaque rue.

Les derniers « errants » de la nuit avaient disparu : les uns pour aller trouver leur couche somptueuse et y rêver à leur aise, amour, joie, bonheur; les autres leurs gîtes misérables où règnent en maîtres le besoin, la paresse, le crime.

Ceux-là mêmes qui sont privés de tout abri avaient pourtant trouvé quelque trou, quelque coin sombre où, cachés à tous les regards, ils s'étaient réfugiés, jusqu'à ce que le jour, en revenant, les ramenât de nouveau sur la voie publique avec leurs histoires de misères débitées aux riches égoïstes, ou aux passants indifférents, méprisés des uns, repoussés par les autres.

« Ne trouvez-vous pas comme moi, » fit tout à coup Eustache Deloraine, en s'adressant à lord Mortimer, « que les premières heures du jour sont toujours les plus froides? » Et, en même temps, il enroulait autour de lui son manteau, avec une sorte de frisson involontaire, et accélérait d'un coup sec et nerveux le trot du cheval attelé à leur cabriolet.

« Oui, » répliqua son ami « — certainement; — mais, soit dit en passant, quels soupers magnifiques! bien qu'un tel langage, après que l'on a vu la Malibran dans la divine personnification de Desdemona, puisse sembler bien prosaïque! »

« Quel talent! quelle beauté classique dans toute sa personne! ces cheveux incultes et en désordre, cette pâleur de l'agonie! mais... — »

Au moment où lord Mortimer allait achever la phrase commencée et formuler un jugement définitif sur la célèbre tragédienne, l'attention des deux jeunes gens fut tout à coup distraite, et de la façon la plus inattendue, par des cris perçants et désespérés qui partaient de la fenêtre d'une maison isolée devant laquelle ils passaient en ce moment: « A l'assassin! » « A l'assassin! » « Au secours! » « A l'aide, pour l'amour de Dieu! »

Leur surprise s'accrut, quand ils découvrirent que

ces cris étaient poussés par une femme habillée de blanc et paraissant jeune et belle sous la longue chevelure noire qui tombait sur ses épaules, du moins autant qu'on pouvait en juger à distance.

Aussitôt, et avec la rapidité de l'éclair, lord Mortimer sauta à bas du cabriolet; mais déjà l'apparition mystérieuse s'était évanouie, entraînée à l'intérieur par des mains invisibles.

Une lutte parut s'ensuivre, et la fenêtre qui n'avait été qu'à moitié fermée se rouvrit avec fracas : la même forme blanche se montra de nouveau, les mêmes cris désespérés se firent entendre, puis la malheureuse femme fut rejetée violemment en arrière, la fenêtre refermée, les volets barricadés, et à tout ce bruit succéda un silence de mort.

« Par le ciel, ne perdons pas un instant pour savoir ce qui se passe derrière ces murs, » s'écria Mortimer en se précipitant vers la porte principale du bâtiment qu'il secoua avec force, mais sans résultat, et en tirant en même temps la sonnette qui ne rendit aucun son, par suite de la rouille qui l'empêchait de fonctionner sans doute depuis longtemps.

Mais alors, en jetant les yeux sur Eustache, il vit son ami si pâle et si défait, qu'il s'arrêta surpris et effrayé.

« Oh! Mortimer, avez-vous aperçu cette forme blanche, cette femme? » murmura plutôt qu'articula Eustache d'une voix tremblante, « Je connais ces traits, et pourtant. — Non, cela ne peut être. — C'est impossible. — Elle est morte. — Je le sais. — Mais n'importe, en souvenir d'une ressemblance aussi étrange, inconnue ou non, l'humanité nous fait un devoir de porter secours à cette infortunée. — En avant! »

« Arrêtez ! fit Mortimer. Je crois qu'avant d'aller plus loin, il est prudent de nous faire accompagner par la police. Restez ici avec la voiture, surveillez attentivement cette maison et je reviens bientôt, — il y a toujours par ici quelque policeman. — Du reste, le poste n'est qu'à deux pas. »

« Vous avez raison ; partez, mais revenez vite. — Qui sait ce qu'il peut résulter d'un retard de quelques minutes ? » répondit Eustache.

Déjà Mortimer était parti en courant à la recherche d'un agent de l'autorité.

Pendant son absence, Eustache avait eu le temps d'examiner la maison qui venait d'attirer d'une façon si imprévue son attention et celle de son ami.

Chose digne de remarque, jamais avant ce jour, bien qu'il eût maintes fois passé par là, il ne lui avait trouvé cet aspect désolé et sombre qui le frappait en ce moment.

Elle était située dans une espèce de cour, et à quelques pas seulement de la route ; mais l'herbe qui poussait çà et là dans les murs crevassés et le nom de « Maison Kellingham », tracé sur le grillage servant de barrière et aujourd'hui à moitié effacé, indiquaient suffisamment que depuis longtemps elle devait être abandonnée des véritables propriétaires.

Un mur élevé, qui entourait la façade du bâtiment, la cachait presque entièrement aux regards.

Les seules fenêtres visibles du dehors étaient, soit fermées complètement, soit à moitié bouchées par de nombreux tessons de verre brisé.

L'une des portes, celle qui paraissait servir d'entrée, avait subi jadis une faible couche de peinture qui, à la longue, avait disparu pour faire place à la couleur primitive du bois.

L'autre était barricadée.

Cette maison, autrefois enduite de stuc à l'extérieur, était devenue à la longue d'un gris sombre, et le plâtre, tombé en différents endroits, laissait à découvert des briques d'un rouge foncé, usées par le temps.

Ces remarques ne prirent à Eustache que quelques minutes, et, quoique l'absence de lord Mortimer eût duré à peine un quart d'heure, ce quart d'heure parut dix fois plus long à l'esprit surexcité et troublé du jeune homme.

Enfin, Mortimer revint, accompagné d'un policeman, et tous les trois aussitôt se disposèrent à pénétrer dans la maison.

Après deux ou trois vigoureuses poussées, la porte principale céda ; ils avancèrent alors vers l'autre porte qui donnait accès dans la maison ; mais à celle-ci il n'y avait ni sonnette, ni marteau, et c'est en vain qu'ils essayèrent de l'ouvrir en la secouant de toutes leurs forces ; leurs efforts réunis furent dépensés en pure perte : seul l'écho des coups frappés et celui de leurs voix leur répondit.

Mais, tout à coup, l'une des fenêtres situées à l'étage supérieur, du côté opposé à celui d'où les cris étaient partis, s'ouvrit avec précaution, et la tête d'une femme âgée vint s'encadrer dans l'ouverture :

« Que venez-vous faire ici à pareille heure ? Pourquoi troubler le repos des gens tranquilles ? Est-ce à moi que vous désirez parler ? » s'écria la vieille d'un ton rauque et bourru.

« Nous voulons entrer ici, répondit Eustache. — Nous avons le droit d'y pénétrer. — Vous le voyez, » ajouta-t-il en montrant le constable. « Et si vous ne descendez pas nous ouvrir à l'instant, nous allons enfoncer la porte »

« Oh! ceci n'est pas mon affaire. — Ceux qui m'ont placée ici paieront la casse! — Cette maison ne m'appartient pas; cependant, si vous voulez patienter un instant, le temps de m'habiller décemment, je vais descendre et vous ouvrir. »

« Alors, dépêchez-vous, » — fit Eustache, « ou, je vous le répète, nous allons y pénétrer de force. »

Quelques minutes s'écoulèrent, puis la porte roula doucement sur ses gonds, et la vieille, tableau vivant de malpropreté et à l'aspect repoussant, se présenta à leurs regards avec un air de mauvaise humeur qui n'échappa pas aux trois hommes.

« C'est au nom de la loi que nous nous présentons ici, » fit Eustache en s'avançant de quelques pas dans le vestibule d'apparence lugubre.

» Nous voulons savoir qui est enfermé et maltraité dans cette sombre demeure, — qui a poussé les cris horribles, les appels désespérés qui ont attiré par hasard notre attention. »

« Je ne sais ce que vous voulez dire, répondit la vieille avec un calme parfait. Je suis la seule âme vivante qui habite cette maison; vous pouvez, si cela vous plaît, la parcourir de la cave au grenier : je vous défie d'y trouver qui que ce soit autre que moi. »

« Alors, vous l'avez assassinée! » s'écrièrent en même temps Eustache et Mortimer. — Policeman, faites votre devoir, arrêtez cette femme, et qu'elle soit conduite en prison. »

« Il n'y a personne d'assassiné ici, » vociféra la vieille. « Voici les clefs, elles y sont toutes, — vous pouvez fouiller partout. — Messieurs, je vous le jure, je ne suis ici que la gardienne de cette maison où personne n'a mis les pieds depuis nombre de semaines. »

Tout en parlant ainsi, elle les introduisait dans

deux pièces situées de chaque côté du vestibule. — Ces pièces étaient presque nues, et il s'en dégageait une odeur désagréable, mélange de poussière et d'air vicié qui prouvait suffisamment que depuis longtemps, en effet, elles n'avaient pas été habitées ou même ouvertes.

De là, ils montèrent à l'étage au-dessus ; à l'entrée de chaque pièce, la vieille femme ouvrait une porte faisant face au corridor où ils s'étaient engagés. — « Je ne crois pas me tromper d'après la position qu'elle occupe. — Entrons. »

Ils la parcoururent du regard ; mais elle avait le même aspect triste et désolé que celles qu'on venait de visiter : — dans un coin, ils aperçurent un bois de lit misérable ; plus loin, deux ou trois chaises boiteuses, et, près de la fenêtre, un vieux coffre à tiroirs, de couleur foncée et dans un état de délabrement complet.

Pas de tapis ; un plancher en bois blanc, et rien n'indiquant que cette pièce eût été habitée récemment.

« Il ne vous reste plus maintenant que la cave à visiter, — où, quant à moi, je ne suis jamais descendue qu'une fois, et je puis vous certifier qu'il n'y a rien ; cependant, si vous y tenez, je suis toute disposée à vous y conduire, fit la vieille. Et en même temps, accompagnée du policeman et des deux jeunes gens, elle se dirigea de ce côté. Là encore, les recherches furent vaines ; ils ne purent découvrir le plus léger indice de nature à les mettre sur la trace de l'être mystérieux, objet de leurs longues et infructueuses recherches.

Alors, Eustache, s'adressant à la vieille, lui dit : « Nous tenons à connaître votre nom et celui de la personne qui vous a instituée la gardienne de ce ma-

noir ; vous n'y voyez, je suppose, aucun inconvénient ? »

« Mon nom est Mary Thomas, et j'ai été installée
il y a environ trois mois par M. King, homme d'affaires d'un gentleman et de sa femme actuellement en
voyage sur le Continent ; mais je ne saurais vous dire
son nom, car je l'ignore moi-même. Vous pouvez
avoir, du reste, auprès de M. King, tous les renseignements que vous désirez, et j'ose dire qu'en ce qui me
concerne, vous n'aurez pas lieu de vous plaindre. »

Tout ceci fut débité d'un ton calme et indifférent
qui dénotait de sa part une leçon trop bien apprise
pour qu'il y eût lieu désormais de continuer un interrogatoire qui, dans la pensée des trois jeunes gens, ne
devait vraisemblablement amener qu'un résultat négatif. — Aussi, sans insister davantage, ils prirent le
parti de se retirer.

Après avoir rendu compte au chef de police du dis-
trict de ce qui s'était passé et avoir reçu de lui la promesse formelle qu'il ferait surveiller attentivement
les alentours de la maison, ils prirent congé, et, re-
montant dans leur cabriolet, ils continuèrent leur
voyage interrompu d'une façon si inattendue.

Mais alors, tous deux, livrés à leurs réflexions, ne
semblaient nullement disposés à les faire cesser de
sitôt et un morne silence, bien différent de la douce
gaîté qui avait présidé au départ, régna entre eux
jusqu'au moment où ils atteignirent enfin Roseville-
Cottage.

Le lendemain, il ne fut question à Roseville que de
l'événement extraordinaire dont Eustache et son ami
avaient essayé en vain de percer le côté mystérieux.

Augusta Deloraine, sœur d'Eustache et fiancée de
lord Mortimer, déclara nettement qu'elle n'aurait

aucun repos tant que la malheureuse victime de bourreaux implacables qu'elle croyait, à n'en pas douter, étroitement séquestrée dans quelque coin sombre et inaccessible du vieux manoir, n'aurait pas recouvré sa liberté.

Mais laissons pour un instant la famille Deloraine livrée à ses conjectures, et revenons à l'histoire de l'être mystérieux que nous avons présenté à nos lecteurs au début de ce récit.

Nous remonterons à une date antérieure de quelques années à celle où Eustache et son ami, revenant de Londres, s'arrêtaient devant la maison Kellingham. Nous expliquerons enfin dans quelles circonstances Eustache Deloraine s'était trouvé autrefois en relations d'amitié avec l'héroïne inconnue du drame que nous avons entrepris de raconter.

Le régiment auquel appartenait Eustache Deloraine avait pris ses quartiers dans une petite ville située à environ quatre milles de Evelyn-Hall.

Blanche Evelyn était alors âgée de dix-huit ans, et la renommée la représentait comme une beauté accomplie, et de plus comme une riche héritière.

Ils se rencontrèrent pour la première fois dans un bal donné par les officiers de la garnison, et avec toute l'ardeur qui caractérisait la jeunesse de l'une et l'enthousiasme naturel à la profession de l'autre, la connaissance ainsi commencée ne tarda pas à suivre le cours habituel.

Un attachement sincère et solide s'établit bientôt entre eux.

Miss Evelyn avait eu le malheur de perdre ses parents de bonne heure et n'avait jamais connu sa mère.

Après la mort de sa femme, le père de Blanche n'avait pas hésité à se remarier dans l'intérêt de son enfant : du moins, il avait cru bien faire en agissant ainsi. Mais à sa mort, qui arriva quelques mois plus tard, tous les soins de la veuve et toutes ses pensées se reportèrent sur son propre fils, né d'un mariage antérieur et qui avait alors environ six ans de plus que Blanche.

Les liens qui subsistaient entre eux deux n'étaient pas, dans la pensée de lady Evelyn, de nature à faire obstacle au projet qu'elle avait formé d'unir son fils à la jeune fille ; sa résolution était, sous ce rapport, parfaitement arrêtée, et, afin d'en assurer le succès, elle avait tenu Blanche étroitement enfermée jusqu'au moment où nous l'avons présentée à nos lecteurs.

Par ce mariage, elle assurait à son fils la magnifique propriété de Evelyn-Hall et la fortune considérable dont la jeune fille devait disposer un jour.

La perspective était trop belle pour que lady Evelyn la laissât échapper.

Quant à Herbert, son concours lui était assuré à l'avance ; — il ne pouvait en être autrement, vu le caractère ambiteux du jeune homme.

Enfin, Blanche elle-même était si habituée à obéir en toutes choses à sa belle-mère que lady Evelyn ne redoutait de sa part aucune opposition lorsqu'elle croirait opportun de lui faire connaître un jour ses intentions.

Le caractère sombre et irascible de Herbert Sidney, ses taquineries parfois brutales, le plus souvent d'un goût douteux, pendant les vacances, l'avaient fait prendre en aversion par miss Evelyn, et cela depuis l'enfance ; — aussi, dans la crainte qu'avec l'âge cette antipathie ne s'accentuât et ne dérangeât les plans qu'elle avait conçus pour l'avenir dans l'intérêt de son fils et du sien, lady Evelyn l'avait envoyé passer quelques années sur le continent, alors que Blanche allait entrer dans sa treizième année ; depuis cette époque, ils ne s'étaient jamais revus.

Il n'entrait pas dans les vues de cette prudente belle-mère de laisser à la jeune fille une liberté pouvant l'amener à se créer des relations quelconques au dehors. Cependant elle s'était parfois départie de cette ligne de conduite en faveur d'une dame âgée, veuve et de bonne compagnie, lady Pierrepoint, qui habitait dans son voisinage.

Ce fut dans cette maison que Blanche rencontra de nouveau le jeune officier, et, quoiqu'elle n'eût aucun motif de cacher à sa belle-mère ces entrevues ignorées d'elle, il régnait dans ses rapports avec lady Evelyn une telle froideur, qu'au moment de s'épancher, saisie d'une crainte instinctive, elle faisait taire son cœur et y refoulait les impressions secrètes qui l'agitaient.

Trois mois s'étaient écoulés depuis le jour où Blanche Evelyn avait fait la connaissance dont nous avons parlé, lorsqu'elle reçut de lady Pierrepoint une invitation à venir passer une semaine ou deux auprès d'elle.

Lady Evelyn ne fit aucune objection, et accorda à la jeune fille l'autorisation demandée.

Elle y alla seule, d'abord parce qu'elle ne devait y rencontrer personne autre que la vieille dame, du moins lady Evelyn n'avait jamais douté un instant qu'il pût en être autrement, et ensuite parce qu'il était de bonne politique de lui laisser une apparence de liberté qui ne devait, du reste, nuire en rien à ses projets.

Lady Pierrepoint était une de ces femmes au cœur

bienveillant, qui se souviennent malgré leur âge d'a-
voir été autrefois jeunes elles-mêmes et dont le grand
plaisir est de voir autour d'elles les gens gais et heureux.

Blanche lui confiait toutes ses pensées sans restric-
tions; — pour elle, pas de secrets.

Eustache Deloraine était proche parent du mari de
lady Pierrepoint, et toutes les fois qu'il en trouvait
l'occasion, il aimait à le rappeler au souvenir de la
veuve qui prenait plaisir à le voir et à l'entendre.

De là de fréquentes visites qui se multipliaient sous
un prétexte ou sous un autre, lorsqu'il savait trouver
Blanche Evelyn à la maison.

Comment s'y prenait-il pour deviner sa présence ?
cela, nous l'ignorons.

Il faisait une magnifique journée de juillet; la nature entière semblait plongée dans un sommeil des
plus tranquilles ; seul le bruit régulier et continu d'une
petite source qui coulait doucement sur un lit de rochers, pour aller tomber ensuite en embruns brillants
dans un étang à l'eau claire et limpide, troublait le silence qui régnait ce jour-là dans le magnifique jardin
rempli de fleurs, propriété de lady Pierrepoint.

Après s'être promenés pendant quelque temps
sous les grands arbres, Eustache et Blanche étaient
venus s'asseoir au bord de l'étang sur lequel se reflétaient de blancs nénufars; là, silencieux tous deux,
ils écoutaient le doux murmure de l'eau qui semblait
encore rendre plus profond le calme complet qui les
environnait.

En ce moment parut lady Pierrepoint : « Je suis
fâchée, dit-elle, en s'adressant à Blanche, de vous an-
noncer une nouvelle qui va vous surprendre autant
qu'elle m'afflige moi-même : le fils de lady Evelyn,

votre compagnon d'enfance, vient d'arriver inopiné-
ment, et sa mère désire vous voir immédiatement. Sa
voiture vous attend. »

Blanche, malgré elle, se sentit pâlir en apprenant
un retour si inattendu ; ses yeux se rencontrèrent avec
ceux d'Eustache, et tous les deux semblèrent frappés
en même temps d'un sinistre pressentiment.

Le dîner fut triste, peu de paroles furent échangées,
et bientôt, disant adieu à sa vieille amie, la jeune
fille, le cœur oppressé, gagna lentement sa voiture.

Au moment de partir, Eustache, qui l'avait accompagnée en silence, lui prit doucement la main en lui
murmurant ces quelques mots :

« Alors, vous n'oublierez pas votre promesse, n'est-
ce pas, Blanche ? et si, à Dieu ne plaise, quelque événement imprévu venait à nous séparer encore, vous
vous souviendrez toujours, n'est-ce pas, des vœux que
librement vous m'avez consentis ?

— « Vous oublier ! oublier mes serments, jamais !
jamais ! s'écria Blanche.

» Ami, soyez sans crainte, il est impossible qu'on
m'oblige à épouser quelqu'un malgré moi ; d'ailleurs,
je suis bientôt majeure, maîtresse de ma personne, de
ma fortune, et alors, n'en doutez pas. »

— « Pas un mot de plus, chère Blanche. La fortune
ne fait pas le bonheur ; c'est vous seule que j'aime, et
fussiez-vous pauvre, c'est encore vous que j'irais choi-
sir et prendre pour femme.

» Adieu, Blanche. »

— « Adieu. »

Et la voiture partit.

Le lendemain, Eustache Deloraine recevait le billet
suivant :

« Miss Évelyn prie Monsieur Sidney de vouloir bien informer Monsieur Eustache Deloraine qu'ayant fait connaître à lady Evelyn et à son fils l'engagement qu'elle avait contracté avec monsieur Eustache Deloraine, ceux-ci s'opposent formellement, quant à présent, du moins, à ce que ces engagements soient considérés comme sérieux.

» En conséquence, miss Evlyn elle-même désire qu'il respecte cette décision en regrettant toutefois d'avoir encouragé tant soi peu des assiduités qui, actuellement, lui sont complètement indifférentes.

» P.-S. — Toutes lettres adressées à miss Evelyn seront retournées sans avoir été ouvertes. »

Le soir même, et avant qu'il eût eu le temps de réfléchir au cruel changement qui, en vingt-quatre heures, avait renversé ses projets, le malheureux officier recevait du quartier général des ordres lui prescrivant de rejoindre immédiatement avec son régiment une destination éloignée qui n'était probablement que la première étape d'un voyage aux colonies; Eustache ne se faisait aucune illusion à cet égard.

Cependant le mouvement et la confusion qui résultent toujours d'un départ précipité, lui firent oublier pour un instant ses ennuis personnels; mais au moment où il allait monter à cheval et dire adieu peut-être pour toujours au pays qui avait vu naître et mourir ses premières et chastes amours, une fille de la campagne, qui ne lui était pas inconnue, s'approcha et lui remit de la part de miss Evelyn un billet ainsi conçu :

« Je ne vous ferai pas l'injure de supposer un seul instant que vous m'ayez crue capable d'avoir écrit la lettre qui a dû vous parvenir en mon nom.

» Je n'ai pas changé et je ne changerai jamais, quels que soient les moyens employés pour me contraindre, et Dieu sait ce dont ils sont capables!

» J'apprends votre départ qui, hélas! m'enlève mon seul défenseur ici-bas, mon seul soutien. Cet homme, que j'ai tant détesté autrefois, me paraît aujourd'hui plus à craindre, malgré ses dehors calmes et ses manières polies, masques dont il couvre ses instincts pervers.

» Je ne puis quitter mon appartement où je suis confinée par ordre de lady Evelyn; mais ils auront beau faire, ma résolution est inébranlable, rien ne me fera céder : jamais Herbert Sidney ne fera de moi sa femme.

» Que le ciel me pardonne si je l'ai mal jugé, et qu'il bénisse le seul ami de :

» Blanche EVELYN.

» P.-S. — C'est en tremblant que je vous écris ces lignes que je confie à une personne sûre, si je puis encore être sûre de quelqu'un dans cette maison! »

Eustache, à la fois heureux et attristé, répondit à Blanche en lui jurant un amour éternel; il la suppliait d'avoir confiance en lui autant qu'il en avait en elle, et lui promettait enfin de revenir bientôt, du moins il espérait; c'est alors qu'il saurait bien l'arracher aux mains de ses persécuteurs. Puis, ayant remis ce billet écrit à la hâte à la jeune fille qui attendait à quelque distance, il monta à cheval, rejoignit ses hommes, et s'éloigna rapidement, laissant derrière lui Evelyn-Hall et ses plus chers souvenirs.

Un an s'était écoulé : Deloraine, de retour en Angleterre, obtint un congé illimité et courut à Evelyn-Hall:

il trouva la maison fermée; en vain questionna-t-il la gardienne, une femme d'un certain âge qu'on y avait laissée; il n'obtint que des renseignements évasifs : la santé de miss Evelyn donnait des inquiétudes ; on avait dû la conduire dans un pays plus clément, en France, croyait-elle; dans quelle ville, et combien devait durer cette absence, elle l'ignorait complètement, etc.

Eustache se retira fort désappointé et en proie à mille sentiments divers.

Peu de temps après, le bruit courait que Blanche était morte et que l'État était entré en possession de tous ses biens.

Ainsi devaient se terminer, selon toute apparence, des amours que la fatalité s'était plu à briser avant le temps, mais qu'Eustache ne pouvait oublier.

Aussi, qu'on juge de sa surprise, de sa douleur et de sa colère, quand il crut découvrir, dans l'être mystérieux qui lui était apparu d'une façon si dramatique à la fenêtre de la maison de Kellingham, les traits de celle qu'il croyait perdue à jamais.

C'était Blanche, il ne pouvait en douter ; Blanche vivante, mais au pouvoir d'infâmes ravisseurs qui la tueraient peut-être s'ils se croyaient découverts.

Eustache réfléchit à la conduite qu'il devait tenir dans cette circonstance.

Prévoyant qu'il n'obtiendrait rien par la violence ou par trop de précipitation, il résolut d'abord de surveiller la place avec soin, et, dans ce but, il loua une petite chambre dont la fenêtre donnait juste en face de la porte de derrière de la maison Kellingham, ce qui lui permettrait de surveiller facilement les allées et venues des habitants.

Le seul terrain contigu à celui qui entourait cette

maison était un vaste cimetière qui bordait, en les touchant, les trois côtés de la cour principale ; l'autre côté faisait face au petit chemin qu'avaient suivi Eustache et son ami, lorsqu'ils avaient été attirés par les cris.

La fenêtre qu'il occupait prenait vue sur le chemin et sur le cimetière.

La première nuit qu'il passa en observation avec lord Mortimer, qui avait tenu à l'accompagner, rien d'anormal ne vint exciter leurs soupçons ; mais la nuit suivante, comme ils se disposaient à quitter la place, l'attention d'Eustache fut tout à coup mise en éveil par l'ombre d'un homme qui se glissait avec précaution le long d'un mur en traînant après lui, autant qu'on pouvait en juger à distance, un fardeau ayant toute l'apparence d'un sac et qui devait contenir quelque chose de lourd et d'encombrant.

Arrivé à quelques pas de la maison Kellingham, l'homme s'arrêta et fit entendre un léger coup de sifflet : un rayon de lumière perça aussitôt à travers les volets tirés, et, la porte ayant été ouverte sans bruit, il en sortit un homme qui aida l'autre à porter le sac à l'intérieur.

« Il y a là un mystère qu'il nous faut éclaircir sur le champ, » s'écria Eustache en s'adressant à son ami, « descendons vite et allons voir de près ce qui se passe dans cette maison. » Et sans hésiter, lord Mortimer, suivi d'Eustache, quittèrent aussitôt leur observatoire et se trouvèrent bientôt en plein air ; mais, après quelques pas en avant, ils atteignirent la porte de la maison qui, par mégarde sans doute, était restée entre-bâillée ; ils se blottirent dans l'ombre, et là, sans crainte d'être aperçus ou dérangés, tant les acteurs l'étrange spectacle dont ils étaient témoins parais-

saient occupés de leurs propres affaires, ils attendirent,
silencieux et immobiles.

Trois personnes à l'aspect misérable, aux traits durs
et repoussants, étaient assis sur des tabourets bas et
fumaient.

A leur portée, sur une table, était une bouteille à
moitié pleine ; dans un coin se tenait sur une chaise
boiteuse la vieille dont nous avons déjà eu l'occasion
de parler au début de cette histoire. Son chapeau dé-
fiait une description ; à peine tenait-il sur sa tête en
laissant passer une masse de cheveux gris qui tombaient en désordre sur son cou ridé et jauni.

De sa bouche édentée sortait le tuyau d'une pipe
en terre presque éteinte, tandis que sa tête se balan-
çait à droite et à gauche sous l'influence du sommeil
et de l'ivresse.

C'était dans le coin opposé de cette pièce, qu'éclairait faiblement la lueur terne et vacillante d'une lanterne sourde, qu'avait été déposé le sac apporté du
dehors.

Mais, chose horrible et qui fit frissonner les deux
jeunes gens, de ce sac, entr'ouvert par le haut, sortait
à moitié la tête livide d'un cadavre de femme qui semblait avoir été exhumé depuis peu.

« Dites donc, Bill, nous aurions pu gagner dix gui-
nées avec l'autre, et c'est votre faute si nous les avons
perdues ; mais, quant à celui-ci, je ne le lâcherai pas
aussi facilement, je vous le jure. »

« Possible, » répliqua Bill d'un ton bourru, « mais
notre sûreté avant tout ; prendre ce que l'on peut sans
danger pour sa peau, et décamper ensuite, voilà ma
manière de voir, à moi. »

« Je sais, vieux fou, que ce n'est pas tout à fait
votre avis ; cependant... »

Ici, sa voix devint tellement faible, que Mortimer et son ami ne purent saisir que des lambeaux de phrases incompréhensibles, jusqu'au moment où, élevant de nouveau la voix, l'autre reprit :

« Certainement, il n'y a pas à craindre que Esquire Sidney remonte jamais aux causes de sa mort, et, tenez, voilà le vieux Moll, qui pourrait en dire plus long que moi à ce sujet.

» Esquire Sidney ne souhaite qu'une chose, c'est de ne plus la trouver sur son chemin, et alors, — vous comprenez, — toute la fortune lui revient dès maintenant. Mais elle ne veut, dit-on, s'en dessaisir à aucun prix : ni prières, ni menaces, n'ont réussi jusqu'ici à lui faire donner la signature qu'il exige, et c'est pour cette raison qu'il l'a fait enfermer ici.

» Quant à dire que j'affectionne ce genre d'opération, c'est une autre affaire ; rien de mieux, lorsque nous nous procurons les corps par les voies régulières ; mais, quoique je n'aie pas un cœur de poulet, comme vous savez, Bill, je ne me sens aucun goût pour cette sorte de boucherie de sang-froid. Mais comment se fait-il que Jack ne soit pas encore de retour ? S'il tarde tant soit peu, le jour va paraître. C'est à n'y rien comprendre. »

Au moment même où il faisait cette réflexion, le bruit sourd d'une charrette se fit entendre dans le lointain, et bientôt elle s'arrêtait devant la porte.

« Enfin, le voici ! » et les trois hommes se levèrent précipitamment.

Le nouvel arrivé entra sans façon, s'empara de la bouteille et se versa à boire ; puis, ayant fermé le sac, tous les quatre l'emportèrent, le placèrent sur la charrette et se disposèrent à quitter la maison.

« Voici le moment d'aller chercher la police, » murmura Mortimer à l'oreille de son ami; « autrement, ils vont nous échapper. »

« Attendons un instant, répondit Eustache ; leur départ, au contraire, est providentiel : nous allons pouvoir entrer sans difficulté, et délivrer enfin celle que j'ai juré de sauver. »

Déjà, ils allaient mettre leur projet à exécution, lorsqu'un des bandits, revenant tout à coup sur ses pas, l'air préoccupé, rentra dans la salle et, s'adressant à l'être repoussant qui ronflait sur sa chaise, lui dit :

« Eh! la mère, si vous continuez à dormir ainsi, la porte ouverte, vous allez laisser échapper l'oiseau qu'on a confié à votre garde, — vous savez. — Allons, réveillez-vous et songez à vos affaires. »

« Oui, oui, » grogna la vieille, en faisant un effort pour se lever; mais, aussitôt l'homme parti, elle retombait lourdement sur sa chaise et ne tardait pas à se rendormir.

« Allons, il n'y a plus à hésiter », fit Eustache à voix basse; « profitons de leur absence ; en quelques minutes la vieille sera en notre pouvoir, et bon gré, mal gré, il faudra bien qu'elle indique la retraite où elle tient enfermée sa victime.

Sans perdre un instant, ils avancèrent doucement vers la porte et allaient pénétrer à l'intérieur, lorsqu'un énorme bull-dog qu'ils n'avaient pas aperçu, et qui, heureusement pour eux, était enchaîné, s'élança d'un bond sur Deloraine en poussant des aboiements furieux qui réveillèrent la vieille.

En apercevant deux étrangers, elle voulut détacher le chien, mais Deloraine la prévint et, lui barrant la route, la rejeta violemment sur sa chaise.

Malheureusement, comme ils devaient s'y attendre, les aboiements du terrible animal avaient donné l'éveil, et au moment où lord Mortimer et son ami allaient se saisir de la mégère hideuse à voir, la porte fut poussée brusquement et les trois hommes, revenus en toute hâte sur leurs pas, se précipitaient dans la chambre.

Une lutte désespérée s'ensuivit ; les coups succédèrent aux coups : et si Deloraine et Mortimer, quoique sans armes, ne s'étaient pas défendus comme des lions, c'en était fait d'eux.

« Rendez-nous la jeune femme que vous détenez arbitrairement dans cette maison, s'écria Eustache qui avait réussi un instant à se soustraire aux mains de l'un des agresseurs, et nous nous engageons à nous taire. Quant à nous garder prisonniers ici, ne l'espérez pas ; nous sommes en votre pouvoir, il est vrai, mais nous avons trop d'amis puissants pour rester longtemps à votre merci ; les démarches qu'ils vont s'empresser de faire seront couronnées de succès, n'en doutez pas. La police s'en mêlera, et, alors, malheur à vous, assassins et sacrilèges ! »

Ces paroles parurent produire une certaine impression sur l'esprit des bandits :

« Ma foi », dit l'un d'eux que tenait encore Mortimer à la gorge, « cette femme ne m'est rien après tout. Je ne l'ai même jamais connue ; mais il paraît qu'elle est à moitié folle et sa gardienne que voilà pourra vous dire toute la peine et tout le tracas qu'elle lui cause. Quant à sa famille, il est facile de comprendre qu'elle ne tient nullement à ce que tout cela s'ébruite ; mais puisque vous tenez à la folle, je m'en lave les mains ; emmenez-la et n'oubliez pas que vous avez promis le silence.

« Vous avez la parole d'un gentilhomme, » répondit Eustache ; et, heureux d'en être quitte pour quelques contusions sans gravité, il allait s'informer auprès de la vieille du lieu où se trouvait Blanche, lorsqu'il s'aperçut qu'elle avait quitté la chambre.

« Suivons-la, s'écria Eustache; ce départ n'est pas naturel et ne présage rien de bon. » Et en même temps, les deux jeunes gens, sans se préoccuper autrement de leurs adversaires, se précipitaient vers l'escalier; ils allaient atteindre la première marche, lorsqu'ils entendirent des cris perçants qui servirent à guider leurs pas vers l'endroit d'où ils partaient.

Là, se trouvait la vieille qui, en se voyant découverte, tenta de s'échapper, en se jetant tête baissée entre Eustache et son ami avec l'intention de gagner l'escalier. Lord Mortimer la saisit au passage et allait lui faire un mauvais parti, lorsque la voix rude de l'un des bandits se fit entendre dans l'escalier.

« Par l'enfer! ne touchez pas à un seul cheveu de cette femme, ou vous êtes mort, s'écria-t-il. C'est ma mère, vous entendez bien, et quoique parfois elle ne vaille pas cher, surtout lorsqu'elle est ivre, elle n'en est pas moins celle à qui je dois la vie, et, à ce titre, j'ai encore du respect pour ses cheveux gris. »

Toute résistance était inutile. Du reste, le but principal qui les avait amenés dans cette maison étant sur le point d'aboutir, ils jugèrent plus prudent de renoncer, du moins en apparence, à toute répression immédiate, et entrèrent dans la chambre que venait de quitter l'horrible vieille.

Un douloureux spectacle les y attendait : Sur un matelas placé par terre, les mains et les jambes liées, ses beaux cheveux noirs flottant sur les épaules, vêtue de vêtements blancs déchirés et en désordre, le visage pâle et aminci par le jeûne, était étendue celle qui autrefois portait le nom envié de Blanche Evelyn.

« Emmenez-moi d'ici! Emmenez-moi, je vous en

conjure, s'écria-t-elle d'une voix affaiblie. Mettez fin à cette misérable existence; mais, de grâce, éloignez cette femme; que sa vue ne trouble plus mes derniers moments, et je vous bénirai. »

« Madame miss Evelyn, ne craignez rien; nous sommes des amis, et, grâce au ciel, nous arrivons encore à temps pour vous sauver. »

Elle ne parut pas comprendre, ses cris redoublèrent, et bientôt elle retomba sur sa couche en proie à de violentes convulsions.

Eustache ne perdit pas une minute; rapidement, il coupa les liens qui la garrottaient étroitement, lui faisant en même temps respirer des sels qu'à tout hasard il avait apportés avec lui.

Le résultat ne se fit pas attendre; ses beaux yeux se rouvrirent, et les fixant sur le jeune homme, elle dit d'un ton à la fois triste et doux : « Est-ce un rêve ? L'homme que j'ai tant aimé, celui qui m'a connue à l'époque, déjà si lointaine, où j'étais heureuse et dont je n'ai pas entendu la voix chérie depuis si longtemps, oh! il y a bien longtemps de cela! serait là maintenant près de moi? Mais, hélas! je ne suis plus libre!... » Et de nouveau elle fut prise d'une violente syncope qui heureusement ne dura que quelques minutes, grâce aux soins énergiques qu'on lui prodigua aussitôt.

Alors, elle reprit timidement : « Vous n'avez pas l'intention de me faire du mal, dites-vous, mais qui me le prouve? Comment aurais-je confiance en des gens que je n'ai jamais vus et dont j'ignore même le nom! Qui sait? peut-être faites-vous partie de la bande de misérables qui ont choisi cette habitation pour théâtre de leurs sinistres exploits? »

Et à ce souvenir, elle frissonna.

« Vous n'avez, je le répète, rien à redouter de notre part, répondit Eustache; nous sommes vos amis, et nous allons le prouver en vous faisant quitter cette maison, dès que vous serez en état de nous suivre. J'envoie prévenir ma sœur; elle va venir avec une voiture, et bientôt vous serez en sûreté auprès d'elle, dans notre demeure qui sera pour vous un asile inviolable, où vous pourrez vivre en paix aussi longtemps qu'il vous plaira. »

« Oh! que le ciel vous bénisse, et qui que vous soyez, merci; car vous êtes les premiers êtres qui, depuis de longues années, m'aient adressé des paroles aussi douces à mon cœur. Mais cette voix... où l'ai-je donc entendue? Cette voix, je la connais, pourtant!... » Et des larmes abondantes recommencèrent à couler sur son visage pâle et amaigri.

Eustache respecta sa douleur, et attendit silencieux le retour de son ami qui était allé à la villa, et qui ne tarda pas à reparaître accompagné d'Augusta.

Ils rapportaient des vêtements qui remplacèrent bientôt ceux qui recouvraient à peine la malheureuse Blanche Evelyn; — on lui fit avaler quelques cordiaux dont ils avaient eu le soin de se munir, — et, soutenue par Eustache, elle descendit lentement l'escalier, car, par suite de la longue réclusion qu'on lui avait fait subir, elle ne pouvait presque plus se tenir debout.

A l'étage au-dessous régnait un calme complet, les bandits avaient disparu.

Cependant, après l'avoir déposée avec précautions dans la voiture, miss Deloraine y monta à son tour, tandis que Eustache et Mortimer s'installaient sur le siège, et le jour commençait à poindre, lorsqu'ils arrivèrent avec leur précieux fardeau à Roseville cottage, où une chambre confortable et spécialement disposée pour elle avait été déjà préparée. On la coucha, et Augusta Deloraine voulut veiller elle-même sur le sommeil de sa protégée, sa nouvelle amie ; il fut long et profond, et quand elle s'éveilla, un brillant soleil dorait les fenêtres de sa chambre et les grands arbres touffus jetaient leurs ombres allongées sur les vertes pelouses du jardin.

D'abord, elle crut rêver ; son regard craintif se porta, hésitant, sur des objets si nouveaux pour elle. Mais tout à coup la mémoire lui revint et, avec le souvenir, l'heureuse réalité de sa tranquillité actuelle.

Augusta lui apprit alors le nom de son libérateur, de l'homme qu'elle avait connu jadis et aimé dans sa jeunesse ; mais, à sa grande surprise, cette nouvelle, qui, aux yeux d'Augusta, devait être accueillie avec joie, ne parut lui produire qu'une impression de malaise indéfinissable et de tristesse profonde.

Cependant, grâce au repos et aux bons soins dont Blanche était entourée, sa constitution robuste ne tarda pas à reprendre le dessus ; elle redevint en peu de temps ce qu'elle était naguère, et put enfin raconter ce qui lui était arrivé depuis le jour où elle avait quitté Eustache Deloraine.

Le bonheur eût été complet à la villa, si Blanche n'eût conservé vis-à-vis du frère d'Augusta une froideur incompréhensible pour tous ; aussi, malgré la peine qu'il en ressentait, Eustache préféra-t-il s'éloigner en s'apercevant de plus en plus que sa présence près de Blanche était la cause d'une forte émotion, qu'elle ne parvenait que difficilement à dissimuler et dont les suites pouvaient amener une rechute préjudiciable à sa santé.

Mais revenons à l'histoire promise :

Aussitôt de retour à Evelyn hall, après avoir quitté

lady Pierrepoint, lady Evelyn apprit de Blanche les rapports qui s'étaient noués à son insu entre elle et Eustache Deloraine. Elle en fut profondément contra-riée, et blâma sévèrement la jeune fille qui s'excusa en demandant pardon à sa belle-mère de s'être cachée d'elle en cette circonstance.

C'est alors que lady Evelyn lui fit connaître ses vo-lontés : elle devait cesser à l'avenir toutes relations avec le jeune officier et ne plus même y songer, son désir étant de la marier immédiatement avec son fils Herbert Sidney.

Ce fut un coup de foudre pour la jeune fille, qui pleura, supplia, mais en vain ; lady Evelyn demeura inflexible.

Cependant, en présence d'une opposition qu'elle avait été loin de prévoir, elle n'était pas tranquille, et, de concert avec Herbert, ils se décidèrent alors à quitter Evelyn hall, et à conduire secrètement Blanche dans une autre localité où ils comptaient la tenir, com-plètement et sans danger, dans leur dépendance absolue : enfermée dans son appartement, elle fut, à partir de ce moment, traitée en enfant et sa nourri-ture réduite au strict nécessaire.

Généralement, elle recevait une fois par semaine la visite de lady Evelyn et de son fils qui, sans succès il est vrai, employaient tous les moyens en leur pouvoir pour l'amener à composition.

Pour le monde, ils firent courir le bruit, d'abord que Blanche était dangereusement malade, et peu après qu'elle était morte à l'étranger.

Puis, un jour, ils louèrent une maison située dans un lieu écarté ; cette maison, d'aspect sombre et sinistre, semblait avoir été bâtie spécialement pour le but qu'ils se proposaient,

Nous avons nommé la maison Kellingham. C'est là qu'ils conduisirent la malheureuse victime de leurs projets ténébreux.

Une nuit, la pauvre enfant, qui n'était entourée que de gens appartenant corps et âme à Herbert Sidney et à sa digne mère, entendit un bruit inusité : bientôt lady Evelyn, vêtue d'habits de fête et accompagnée de deux femmes de service, entra dans la pièce où elle était retenue prisonnière ; sans prononcer une parole, et malgré la résistance de la jeune fille, elles se mirent en devoir de l'habiller en mariée, puis, à peine cette transformation était-elle opérée, que Herbert Sidney, suivi d'un gentleman en costume ecclésiastique, entrait à son tour.

Miss Evelyn n'avait pas encore eu le temps de revenir de sa surprise et de son effroi, que son mariage avec Herbert Sydney était accompli.

Un manteau sombre fut jeté sur sa blanche toilette ; on lui fit descendre l'escalier en silence.

En bas, une voiture attendait, et quelques minutes plus tard, elle l'emportait au galop vers une destination inconnue.

Les mauvais traitements qu'elle avait eu à subir, sa santé ébranlée par des privations de toute sorte, l'avaient trop affaiblie, pour qu'elle pût opposer une résistance quelconque à un rapt si audacieusement accompli. Elle resta blottie dans un coin, immobile et sans voix, tandis que de grosses larmes coulaient lentement sur son doux visage.

Le voyage se continua ainsi sans incident digne d'être rapporté, jusqu'au moment où ils atteignirent un port de mer où ils s'embarquèrent pour la Hollande ; mais, à peine arrivés, ils repartaient pour l'Allemagne.

Enfin, ils firent halte dans une petite ville de ce

pays, et Sidney, ayant loué une maison dans un des faubourgs, parut, cette fois, vouloir séjourner en cet endroit.

Presque toujours absent, il ne voyait Blanche que rarement, et quand parfois il restait un instant près d'elle, ses manières gardaient l'empreinte d'une froideur glaciale et de dureté marquée.

Un soir, cependant, que son silence s'était prolongé plus que de coutume, il lui adressa tout à coup la parole en ces termes :

« Vous n'ignorez pas, je suppose, Blanche, que par le seul fait de notre union, la fortune que vous possédez nous est désormais commune ; il est vrai que notre mariage s'étant fait précipitamment et sans les formalités voulues en pareil cas, des difficultés de procédure pourraient peut-être s'élever un jour ou l'autre à ce sujet. J'y ai songé dans votre intérêt.

» Voici un acte préparé par mon avocat qui vous garantira pour l'avenir de tout désagrément en ce qui concerne la gestion de vos affaires : dès que vous aurez atteint votre majorité, ce qui ne tardera pas, je compte que vous n'hésiterez pas à le signer. »

« Peut-être, mais, en tout cas, vous voudrez bien auparavant me communiquer cette pièce, » répondit Blanche, « car il me serait impossible de signer un document dont j'ignore le contenu. »

Ceci fut dit simplement, mais en même temps avec une certaine fermeté.

« Vous n'aurez qu'à obéir, » répliqua Sidney, » et faites en sorte que je ne sois pas obligé de vous y contraindre. » Et sans ajouter un mot, il quitta l'appartement en refermant brusquement la porte derrière lui.

Un mois après cette conversation, Blanche était majeure, et, comme elle devait s'y attendre, son mari lui présenta de nouveau le papier à signer sans conditions.

Blanche refusa net.

Il est impossible de décrire la fureur qui s'empara de Sidney en présence d'un refus qui dérangeait tous ses projets ambitieux ; il essaya, mais en vain, de la faire revenir sur sa résolution. La jeune femme resta inébranlable.

C'est alors qu'il la ramena en Angleterre et la tint étroitement enfermée dans la maison Kellingham sous la surveillance d'une vieille sans principes, qui était largement payée par Sidney pour garder un silence prudent au dehors.

Cette mégère était en relations suivies avec une bande de « résurrectionnistes (1), » au [nombre desquels figurait son propre fils.

Que Sidney eût connaissance ou non de cette particularité, Blanche l'ignorait. Quoi qu'il en soit, elle fut dès lors en butte à tout ce que peuvent enfanter la brutalité et la cruauté : on la fit passer pour folle, et on en propagea le bruit adroitement dans le pays ; l'espoir du misérable était qu'elle le devînt réellement, et pour cela rien ne fut épargné.

Tantôt, comme s'ils eussent obéi à un mot d'ordre, les bandits, qui avaient élu domicile dans cette maison, se réunissaient devant la pièce où, seule, isolée, Blanche était retenue prisonnière, et là, entre eux, s'échangeaient des conversations où à l'horrible se mêlait le cynisme le plus éhonté.

Tantôt, c'étaient des cadavres récemment déterrés

(1) Certains hommes qui, en Angleterre, faisaient métier de déterrer furtivement des cadavres pour les vendre aux anatomistes.

(*Note du Traducteur.*)

qu'ils plaçaient debout contre la porte de sa chambre,
et de telle façon que si, pour une cause quelconque,
elle venait à l'ouvrir, elle trébuchait sur ces corps
froids et glacés ou ceux-ci tombaient sur elle avec un
bruit sourd.

Blanche s'imaginait aussi parfois que l'on en voulait à sa vie : des fioles, en effet, sur lesquelles étaient
écrits les mots « Poison », traînaient çà et là sur les
meubles ; dans quel but, sinon de la pousser au sui-
cide ?

Enfin, une nuit, nuit terrible ! et qui pourtant devait contribuer à lui rendre la liberté, elle s'éveilla
tout à coup au bruit que fit son mari en entrant dans
sa chambre, son mari qu'elle n'avait pas aperçu depuis
leur arrivée à Kellingham.

Calme et froid, il s'avança lentement vers le lit, un
pistolet d'une main, un papier de l'autre.

Blanche, effrayée, se leva précipitamment ; mais
alors Sidney, abaissant l'arme à la hauteur du front
de la jeune femme, lui dit : « Blanche Sidney, si vous
voulez signer cet acte, tout le passé est oublié ; sinon,
apprêtez-vous à mourir. »

— « Signer ces papiers, jamais, fit Blanche d'une
voix forte — plutôt la mort. — Mais en même temps,
soit que l'instinct de la conservation l'emportât sur
toute autre considération, soit tout autre motif,
elle s'élança hors du lit, et, courant à la fenêtre
qu'elle ouvrit, fit entendre les appels désespérés qui
avaient éveillé l'attention de lord Mortimer et de son
ami.

Herbert, effrayé à son tour du résultat que pouvait
amener une intervention étrangère, laissa tomber
l'arme encore chargée, et d'un bond atteignit sa victime qu'il arracha de la fenêtre.

En ce moment, le cabriolet conduit par Eustache passait devant Kellingham.

Blanche entendit le bruit de la voiture; elle fit un effort désespéré qui la conduisit de nouveau à la fenêtre où elle poussa des cris perçants qui devaient avoir cette fois encore un résultat négatif, et voici pourquoi :

Herbert, qui ne se dissimulait pas la gravité de la situation, s'il était découvert, réfléchit un instant; puis tout-à-coup, s'emparant de sa victime épuisée par les émotions diverses qu'elle venait d'éprouver, et incapable désormais d'opposer la moindre résistance, l'emporta sous les combles dans un réduit obscur où il la cacha; et lui-même s'étant recouvert de sacs qui se trouvaient là par hasard, ayant retiré l'échelle dont il s'était servi et refermé la trappe, échappa ainsi, comme il l'avait espéré, aux perquisitions faites à la hâte par lord Mortimer, Eustache, et par l'agent qui les accompagnait.

Bientôt, tout bruit ayant cessé, Herbert en profita pour quitter sa retraite et pour conduire Blanche dans une autre partie du bâtiment faisant face au cimetière où il l'enferma, puis il disparut sans que Blanche pût savoir où il s'était réfugié.

Cependant, aux scènes terribles dont la maison Kellingham avait été le théâtre, et que nous venons de raconter, succéda un calme complet qui fit supposer à Blanche Evelyn que, sauf l'horrible vieille, il n'y avait personne.

Cette tranquillité n'était qu'apparente.

Un soir, Blanche crut entendre à l'étage au-dessous des voix d'hommes, que dominait celle de sa gardienne : « Allons, Bill, disait la vieille, qu'en pensez-vous? faut-il le faire, oui ou non? — Vous savez que

Tom doit nous en apporter un cette nuit, et il sera aussi
facile de charger les deux à la fois, aussitôt que la charrette viendra les prendre. Elle dort en ce moment et il
n'y a qu'à lui jeter un oreiller sur la figure pour qu'elle
ne se réveille plus. — Je m'en charge, — et je garantis
qu'elle ne fera aucun bruit... »

Cette proposition diabolique, qui glaça de terreur la
malheureuse Blanche, fut heureusement écartée après
une vive discussion. « Il vaut mieux attendre l'arrivée
de Tom, s'écria l'un des misérables, car, pour moi, je
n'ai rien à faire avec cette coquine. Dailleurs, à quoi
bon s'exposer inutilement ? » Et un silence relatif
régna de nouveau parmi les bandits.

Une demi-heure plus tard, la vieille se glissait dans
la chambre de Blanche; dans quel but, nous ne saurions le dire; mais sa victime, en la voyant entrer,
crut que sa dernière heure était venue et ce fut la conviction où elle était de sa mort prochaine qui produisit
sur son organisation impressionnable et surexcitée
l'absence de mémoire momentanée qui lui avait fait
accueillir en ennemis les amis qui venaient à son secours.

Là se terminait la triste odyssée d'un long martyre,
écouté en silence par les habitants de Roseville-Cot-
tage.

Rechercher désormais le misérable qui avait empoi-
sonné l'existence de celle qu'il aimait plus que jamais
fut alors le seul souci d'Eustache Deloraine.

Dès le lendemain, il alla visiter la maison Kellingham qu'il trouva déserte; aucune trace des bandits
qui en avaient fait le centre de leur criminelle association, et malgré une surveillance parfaitement organisée, la police ne put jamais savoir ce qu'ils étaient devenus.

De son côté, Eustache n'était pas resté inactif; et après divers insuccès, qui ne le découragèrent pas, il finit un jour par découvrir à Londres, dans un quartier mal famé avoisinant la Tamise, celui qu'il avait juré de retrouver.

Placé sous bonne garde, Herbert Sidney fut conduit en prison pour y attendre son jugement — mais, à partir de ce moment, le triste héros de cette histoire se composa un maintien des plus réservés. — Aux questions posées par son défenseur, il ne répondit que par monosyllabes; la plupart du temps, il garda un silence farouche.

« Les efforts de ma vie entière ont été dépensés en pure perte, » disait-il aussi parfois; et alors sa voix devenait acerbe et mordante. « La fortune, c'était le bonheur. J'ai consacré une partie de ma vie pour parvenir à ce but, rien ne m'a coûté pour cela. Le crime était un moyen. — Je l'ai employé. — J'ai perdu, — Quoi qu'il m'arrive désormais, tout m'est indifférent. »

De sa mère, il n'en parlait jamais, et quand arriva le jour des débats, Herbert Sidney fut trouvé mort dans sa cellule.

Sur un papier, écrit de sa main, qu'on découvrit après sa mort, il accusait sa mère d'avoir été l'instigatrice de tout ce qu'on avait fait subir à l'infortunée Blanche Evelyn.

Le procès de lady Evelyn, quoique retardé par cet événement inattendu, fut bientôt repris et, malgré une culpabilité qui ne faisait de doute pour personne, le défaut de preuves évidentes et le refus de Blanche de charger sa belle-mère firent qu'on l'acquitta après une sévère réprimande du juge.

Quant à sa complice, reconnue coupable, elle fut condamnée à la prison.

Et maintenant que devint Blanche ? c'est ce que nous allons faire connaître en peu de mots :

Elle se retira à Evelyn-Hall, où elle s'installa à la grande joie des habitants du voisinage, et de lady Pierrepoint en particulier.

L'esprit plus calme, après quelques mois passés dans la solitude et le recueillement, elle consentit enfin à se départir de la réclusion volontaire qu'elle s'était imposée et à recevoir la visite de son amie Augusta Deloraine, devenue, dans l'intervalle, lady Mortimer ; et bientôt elle-même, à son tour, échangeait son nom de Blanche Evelyn contre celui de lady Deloraine.

Le bonheur ne saurait se décrire ; et si parfois encore le souvenir de Kellingham venait jeter une ombre triste sur le doux et frais visage de la jeune femme, il lui suffisait d'abaisser ses grands yeux sur le petit être blond et rose qu'elle berçait dans ses bras, pour qu'aussitôt la félicité présente lui fît oublier le sombre drame du passé.

Maintenant que cette histoire est arrivée au point où tout intérêt doit nécessairement cesser, nous n'avons plus qu'un mot à ajouter, et nous prenons congé de ceux de nos lecteurs qui ont bien voulu nous suivre jusqu'ici.

Lady Evelyn, quoique ayant été acquittée, ne pouvait cependant se dissimuler que son avenir était à tout jamais perdu en restant dans un pays où son nom était partout un objet d'exécration : elle le comprit, et se retira en France, où, sous un pseudonyme, elle passa le reste de ses jours dans l'oubli le plus complet.

LE ROSE-CROIX [1]

— « Et, après tout ? disait Lubeck Schieffel, en se parlant à haute voix, quelles sont les connaissances que je possède ? Il est vrai que j'ai obtenu les honneurs de l'Université, que j'ai appris tout ce que les professeurs peuvent enseigner, et que j'ai été considéré comme étant un des élèves les plus capables de Goëttingue ; cependant, combien je sais peu de choses, et que les connaissances acquises sont loin de me satisfaire ! »

— « Hélas ! que sais-tu ? fit une voix tellement rapprochée que Lubeck s'arrêta court, mais pour s'écrier aussitôt : « Je sais qu'il ne faut être qu'un fou désœuvré pour bavarder ici à une pareille heure ! » car il se trouvait à la fois honteux et fâché de penser que son monologue nocturne pouvait avoir été surpris.

Mais la honte et la colère firent bientôt place à l'étonnement, quand, se retournant brusquement, et regardant autour de lui afin de découvrir l'auteur de

[1] Nom donné à une secte illuminée du XVIIᵉ siècle qui prétendait posséder la sagesse et la piété au suprême degré, forcer à son service les Esprits et les Démons et procurer la prochaine restauration de toutes les choses de ce monde en un meilleur état. On dit que ce mot vient de ROSENKREUZ, Allemand né en 1388 à qui cette confrérie se rattache.

l'interruption, il ne vit personne, bien que la lune
brillât alors d'un vif éclat, et qu'à perte de vue dans
la plaine, pas un arbre, aucun objet ne pussent dissimuler la présence d'un être vivant.

Sa surprise ne saurait se décrire ; il chercha d'abord
à se persuader qu'il y avait là quelque ruse ; mais la
proximité de la voix, et la nature du lieu où il se trouvait, lui interdisaient toute idée de ce genre.

La crainte alors le poussa à hâter son départ, tout
en étant convaincu que cette plaisanterie, — si c'en
était une, — ne pouvait provenir que d'un camarade
d'études : « Mais, il n'en bénéficierait pas! » s'écria-t-il
sur un ton aussi gai qu'il put prendre.

— « Chut! je te connais et te souhaite plus de succès,
s'il te prenait fantaisie une autre fois d'essayer de l'incognito. »

Puis il se rendit en toute hâte vers la grande route
et, tout en réfléchissant à cet évènement curieux et
inexplicable, il rentra chez lui.

Le lendemain, Lubeck retourna sur l'emplacement
où s'était passée l'aventure de la nuit précédente, avec
l'intention bien arrêtée de s'assurer de quelle façon
cette espièglerie avait pu se produire, ne pouvant,
avec le jour revenu, lui donner d'autre nom.

Mais, une fois là, son effroi redoubla ; car, d'après la
nature du terrain, il fut bien forcé de reconnaître aussitôt que ce fait bizarre n'était dû qu'à l'intervention
d'un *Être surnaturel.*

Qu'elle est variable la balance de l'esprit humain! et
combien il serait difficile d'expliquer la façon dont
les intelligences les plus grandes sont parfois dirigées
à leur insu par les circonstances les plus petites!

Les terribles histoires de ses romanesques compa-
triotes avaient été lues par Lubeck avec une attention

et une ardeur sans égales, et son esprit, qui d'abord s'était plu à n'y voir que des faits simplement divertissants, finit insensiblement par le conduire à cette profonde tension qui admettait la possibilité de leur réalité.

Cependant, persuadé que la personne invisible, — car il était alors pleinement convaincu de son existence, — lui adresserait de nouveau la parole, Lubeck revint chaque nuit au même endroit, mais en vain, jusqu'à ce qu'enfin, — cet événement étant déjà assez éloigné, — il finit par se persuader que tout cela pouvait bien n'être que l'effet de son imagination; alors les impressions de la nuit allèrent en s'affaiblissant peu à peu et il se remit tranquillement à ses études, quand, un matin, un étranger fut introduit dans son appartement et sans préambule lui dit :

— « Si je ne me trompe, c'est bien à Lubeck Schieffel qui a remporté avec tant d'honneur le dernier prix de cette Université que j'ai l'honneur de parler? »

Lubeck s'inclina avec un geste d'assentiment.

— « Vous devez sans doute être surpris, continua l'inconnu, de mon étrange visite; mais je me suis dit qu'une personne qui avait tant d'instruction chercherait naturellement à l'accroître par tous les moyens, et je crois pouvoir vous indiquer le chemin qui peut vous conduire à ce résultat. »

« — J'éprouve, en effet, un violent désir de m'instruire, fit Lubeck; toutefois je ne saurais partager les idées de celui qui a dit : « Tout ce que je sais, c'est que je ne sais rien ». J'ai lu les livres indiqués par les professeurs, et tout ce que j'ai lu ne fait que confirmer la justesse de cette conclusion. »

— « Et avec raison, répondit l'étranger; car à quoi servent la plupart des anciens écrits, si ce n'est à fournir d'excellentes règles de morale et des spécimens de compositions élégantes ou amusantes?

» Nous pouvons admirer les descriptions de Tacite, la simplicité du style de Tite-Live, nous laisser éblouir par les splendides images d'Homère, ou nous attendrir aux actions délicates de Tibulle ou d'Euripide. Nous pouvons rire avec Anacréon, ou goûter les beautés de la nature avec Théocrite; nous avons l'amour dans Sapho, la Satire dans Juvénal et l'homme dans Horace. Nous... »

— « Arrêtez, arrêtez, s'écria Lubeck; ne grossissez pas davantage cette liste déjà longue; j'ai puisé dans tous ces livres quelques connaissances, mais je ne suis pas encore satisfait. J'ai encore soif de science, j'éprouve un désir ardent d'en savoir davantage et j'ai la mort dans l'âme de ne pas être plus savant que le commun des mortels. Je voudrais... »

— « Si vous espérez obtenir des livres, dit l'étranger en l'interrompant, cette Science universelle que vous rêvez, vous serez déçu; il faudrait toute une existence pour lire ce qui a été écrit sur chacune des sciences en particulier; alors ces connaissances, une fois acquises, ne seraient qu'un pas en avant et, tandis que nous nous efforçons de parvenir à la Sagesse, la mort est là qui nous surprend.

» Et puis, les livres ne nous apprennent rien de nouveau : l'invention devant précéder la science et lui frayer une route, quand les compilateurs de livres ne font autre chose que de la suivre à distance et d'enregistrer ses pas.

» Toutefois, il ne faut pas vous désespérer, car, bien que des milliers d'hommes s'efforcent d'ouvrir les portes fermées sur la science par une barrière qu'aucune puissance humaine ne peut déplacer, peut-être serait-il donné à quelques-uns de pouvoir trouver un ressort caché qui, touché... »

— « Et vous avez trouvé ce ressort ? fit Lubeck d'un ton sarcastique.

— « On l'a trouvé, touché, répondit l'étranger : les portes, jusqu'alors closes, ont été ouvertes, et la science cachée a été révélée, mais à un petit nombre seulement, et à ceux-là conditionnellement. »

— « Vous parlez par allégories, dit Lubeck. Qu'entendez-vous par là ? »

— « Vous devez savoir, reprit l'étranger, que celui qui désire exceller dans une science quelconque, doit lui consacrer son attention entière ; n'est-il pas alors rationnel de supposer qu'on doive exiger quelque chose d'extraordinaire de celui qui désire exceller en toutes choses ? »

— « Oui, une attention entière, complète, fit Lubeck, et une application opiniâtre et sans partage. »

— « Si une attention entière ou une application opiniâtre et sans trêve doivent servir à quelque chose, reprit l'étranger, y auriez-vous recours maintenant ?

» Tenez, supposons qu'il existe depuis plusieurs siècles une confrérie ayant pour lieu de réunion un endroit quelconque connu que des initiés, que les membres invisibles de cette association, liés entre eux par un serment redoutable, se soient familiarisés avec toutes les sciences et qu'ils aient atteint dans quelques-unes le plus haut degré de la perfection ; qu'ils connaissent une foule de secrets précieux... incroyables ; l'art de prolonger la vie, par exemple, au delà des limites ordinaires ; qu'ils aient en médecine des connaissances si étendues, si variées, qu'aucune maladie ne saurait leur résister et qu'ils se rient de celles que vous considérez comme mortelles.

» Ils possèdent la clé du Juif Cabbala ; ils ont les copies du livre de la Sibylle ; mais, hélas ! combien de découvertes faites et divulguées par eux, dans l'intention d'en faire bénéficier l'humanité en général, n'ont trouvé par la suite que malédiction en partage !... »

Lubeck commençait fortement à croire qu'il se trouvait en présence de quelque enthousiaste extravagant ou d'un fou.

Mais quelles que fussent les chimères ou les rêveries qu'il était par politesse condamné depuis quelques instants à entendre, il ne pouvait toutefois se dissimuler que rien, dans le regard de l'étranger et dans sa façon de s'exprimer, ne pouvait autoriser à son égard une conclusion de ce genre ; aussi, se trouvait-il très embarrassé pour lui répondre.

A la fin cependant, il lui dit : « Puis-je vous demander, monsieur, dans quel but vous cherchez à m'amuser, en venant me raconter des choses qui me semblent tout simplement impossibles ? »

— « Impossibles ! répéta l'étranger, impossibles ! Il en est toujours ainsi avec l'humanité. Tout ce qui échappe à son investigation, tout ce qu'elle ne peut comprendre, de prime abord, ou expliquer, on dit que cela n'existe pas ou est tout au moins complètement inexplicable.

» Remarquez combien de choses qui vous semblent possibles avec votre instruction seraient considérées comme ne l'étant pas par des gens moins doués que vous sous ce rapport : tel fut Galilée mis en prison et forcé de renier des vérités qui alors n'étaient pas comprises. Vous admettiez tout à l'heure avec moi que tout *votre* bagage scientifique s'élevait à rien. Cependant, au moment même où je vous parle de ce que vous ne pouvez comprendre, aussitôt, vous déclarez que cela est *impossible*. Ecoutez! continua l'étranger. »

Et immédiatement la même voix déjà entendue par Lubeck prononça ces quelques mots :

— « Hélas! que sais-tu? »

Jusqu'alors, rien dans la conversation bizarre de l'étranger n'était venu éveiller dans l'esprit de Lubeck le moindre souvenir de l'événement mystérieux qui naguère l'avait si fort intrigué ; mais, en ce moment, cette interrogation inattendue le lui rappela subitement, et il s'imagina aussitôt voir dans le visiteur inconnu l'être surnaturel qui, pendant sa promenade nocturne, l'avait accompagné à son insu.

— « Cette association étrange dont je vous parlais, reprit l'inconnu, a reçu son nom de Christien Rose-Croix qui naquit en Allemagne en 1350. Élevé dans un monastère, il s'adonna avec ardeur à l'étude des langues anciennes et particulièrement des langues vivantes qu'il ne tarda pas à parler couramment.

» Mais alors, il fut pris du désir irrésistible d'augmenter encore son instruction en cherchant un champ plus vaste que celui qu'il pouvait trouver dans les limites d'un cloître et, dans ce but, il résolut de s'expatrier et de parcourir le monde.

» Le sentiment religieux qui, vers le quatorzième siècle, était commun à la généralité, le poussa d'abord à diriger ses pas vers les Lieux-Saints.

» Ayant visité le Saint-Sépulcre, il continua son voyage jusqu'à Damas où il tomba malade et faillit perdre la vie.

» Mais cette circonstance devait être la cause de sa future célébrité ; car il apprit des médecins orientaux ou des *Philosophes*, surnom qu'on leur donnait quelquefois, et qui le soignèrent et le guérirent, l'existence d'une foule de secrets qui, en excitant au plus haut

degré sa curiosité, le décida à passer plusieurs années
en Orient, qu'il parcourut dans tous les sens, jusqu'au
moment où il devint à son tour maître de ces secrets
qui avaient été confiés par tradition aux anciens
Egyptiens, les Chaldéens, les Brahmes, les gymnoso-
phistes et les Mages.

» De retour dans son pays, Rose-Croix se mit à la
tête de quelques lettrés qui avaient comme lui un vif
désir de s'instruire, les mêmes aspirations pour la
science humaine, et à ces hommes d'élite, il commu-
niqua ces secrets merveilleux, fruits de ses travaux et
de ses longues pérégrinations à travers des contrées
peu connues.

» Telle fut l'origine des Rose-Croix, ou Frères de la
Croix-Rose ; on les nommait aussi les Immortels, les
Illuminés, et les Frères Invisibles. Leur existence
resta secrète jusqu'à l'année 1600 environ, quand, sans
qu'on pût savoir comment, le caractère mystérieux de
cette association cessa d'exister en partie.

» Quelque temps après, deux livres furent publiés :
ils contenaient, dit-on, les noms des membres de la
société et le résultat de leurs travaux secrets.

» L'un d'eux avait pour titre : *Fama fraternitatis lau-
dabilis ordinis Rosæcrucis* (1), l'autre, *confessio fraternitatis* (2).

» Le bruit courait que ces livres étaient la reproduction exacte de ceux que possédaient les Rose-Croix :
ce qui fut ouvertement démenti en 1620 par Michel
Bède, qui déclara publiquement que le tout avait été
écrit par quelque personnalité savante mais étrangère
à cette société.

(1) Rapport sur le vénérable ordre de la confrérie du
Rose-Croix.
(2) Confession de la confrérie.

Beaucoup de gens prétendaient en faire partie : tels Robert Hudd, médecin anglais ; Michel Mayer, et, en 1600, Joseph Behmen.

» On prétend que Rose-Croix mourut en l'année 1448, mais, à dire vrai, un homme d'une si haute renommée ne pouvait disparaître de la scène du monde (comme il était tenu par les règlements de la société), sans éveiller une grande curiosité, en même temps qu'on devait chercher à s'assurer de la date exacte de sa fin ; aussi disait-on qu'il était mort, bien qu'il ait survécu plus de deux siècles après cet événement supposé. »

— « Deux siècles! » s'écria Lubeck frappé d'étonnement.

— « Le moyen de prolonger la vie, comme je vous le disais, est l'un de nos plus grands secrets qu'on ne communique qu'aux initiés ; mais tout ce que je puis vous apprendre, c'est que sa durée est subordonnée à *l'influence des Etoiles*. »

— « Est-ce que la vie de chacun en dépend? J'ai souvent entendu répéter que des planètes ont influé sur les actions des hommes, ce qui me paraît étrange ; mais comment peuvent-elles affecter votre existnece et la vôtre seulement? »

— « Je ne suis pas surpris de votre question, mais je ne puis rien ajouter à ce que j'ai dit ; car une simple tentative de divulguer certains secrets me coûterait la vie. »

L'étranger continua :

— « Le fameux Paracelse (1) comptait aussi parmi les membres de notre confrérie, et c'est à lui que nous sommes redevables de l'élixir de longue vie.

(1) Médecin du seizième siècle, qui attaqua vivement le galénisme arabe, donna une plus grande part dans la thérapeutique aux remèdes minéraux, et voulut expliquer toute la pathologie par des phénomènes chimiques.

» Il serait mort, paraît-il, en l'année 1541, alors qu'il a survécu encore plus d'un siècle après cette date.

» Les membres de notre association ou confrérie étaient tenus, par un serment redoutable, de garder inviolablement ses secrets, et la nature de ce serment est tellement extraordinaire, qu'une tentative seule, — je le répète, — de le violer, était punie de mort.

» Supposez maintenant que parmi les membres de cette société secrète, dont le nombre est limité, il arrive que l'un d'eux vienne par hasard à disparaître, et qu'alors on vous propose de le remplacer, accepteriez-vous d'être celui-là ? »

— « Mais si je m'en souviens, répondit Lubeck, vous me disiez tout à l'heure que l'entrée de cette société était subordonnée à des épreuves particulières ? »

— » Nous imposons, sans doute, certaines conditions aux profanes, répliqua l'étranger, mais en ce qui vous concerne personnellement, rien n'est plus facile que de les remplir. En voici d'ailleurs les points principaux :

» Le néophyte ne doit avoir aucun crime à se reprocher ; il doit se séparer du monde, c'est-à-dire, quitter père, mère, parents, amis, et faire enfin vœu de célibat !... »

Lubeck s'était laissé peu à peu gagner par l'enthousiasme de l'inconnu, et malgré lui ses yeux laissaient voir un vif sentiment de curiosité auquel se mêlaient à la fois l'espoir, le plaisir et la crainte. Mais aux derniers mots de l'étranger, la flamme de son regard s'éteignit subitement ; une nuance de profonde tristesse se répandit sur son visage devenu pâle, et c'est d'une voix douloureuse qu'il s'écria : « Cela ne se peut, c'est impossible. Jamais, non, jamais, je ne consentirais à quitter Héla, ma fiancée bien-aimée ; je lui ai promis de l'épouser, et, bien plus, le jour du mariage est fixé.

— « Seriez-vous assez dépourvu de bon sens pour
rejeter mon offre ? L'amant, grace à son imagination, ne peut établir aucune comparaison avec l'objet
de ses rêves. Sa forme existe, parfaite, au suprême
degré, et absorbe toutes ses facultés. Aucun mot, aucune description ne sauraient exprimer les sentiments
qu'il éprouve, comme ils le sont en réalité. .

» Pour lui, le langage le plus simple est celui qui
traduit le mieux sa pensée ; car ses sentiments personnels viennent alors s'ajouter à ce qui lui manque. »

Lubeck répondit d'un ton bref :

« Vous ne l'avez jamais vue ! »

— « Songez, je vous en prie, reprit l'étranger froidement, que dans cinquante ou soixante ans, vous
aurez parcouru votre carrière terrestre, et qu'il aura
fallu encore bien moins de temps pour faire disparaître à jamais sa beauté : cette beauté à laquelle vous
êtes sur le point de sacrifier toute une vie de jeunesse,
exempte de maladies, et les connaissances supérieures
auxquelles vous aspirez. »

— « Mais, s'écria Lubeck, alors que sa beauté dis-
paraîtrait, ne lui resterait-il pas encore l'intelligence ? »

— « Pendant quelque cinquantaine ou soixantaine
d'années ! Et pouvez-vous faire entrer en balance ce
temps si court avec des siècles de cette jouissance in-
tellectuelle que vous souhaitiez si ardemment naguère ?
Croyez-moi, si votre mariage est heureux, votre bonheur sera incomplet en songeant à la brièveté de la
vie humaine et aux incidents divers et imprévus qui
viendront encore la traverser. Si, au contraire, comme
cela arrive trop souvent, vous n'y rencontrez pas ce
que vous avez cru trouver : le bonheur idéal, les illusions dorées ; que cette vie à deux, toujours si douce et
si belle au début, se transforme insensiblement par

l'habitude, l'âge, les incompatibilités d'humeur, en coupe d'amertume, oh ! alors, combien vous sembleront longues les heures que vous aurez à passer ensemble ! Combien lourde sera cette chaîne que volontairement vous vous serez donnée, et dont la mort seule pourra vous délivrer !... »

L'étranger fit une pause, et reprit :

— « On raconte que l'homme adressa un jour à Jupiter une requête pour que l'Hymen et l'Amour fussent tous les deux à la fois adorés dans le même temple ; car, l'un et l'autre ayant une habitation distincte, il s'en suivait que des offrandes en grand nombre étaient faites à l'amour, alors que l'hymen en était privé, et réciproquement. Le dieu trouva la requête raisonnable, et y donna son consentement.

» L'Hymen et l'Amour descendirent alors sur la terre, afin d'y bâtir le temple demandé par l'homme.

» Indécis d'abord sur l'emplacement que devait occuper cet édifice, ils finirent bientôt par trouver sur le domaine de la Jeunesse ce qui leur convenait et ils se mirent à l'œuvre aussitôt.

» Mais, hélas ! à peine était-il achevé, que la Vieillesse se présenta à son tour, renversa les murailles et traita les dieux si durement, qu'ils s'enfuirent.

» A dater de ce jour, l'Hymen et l'Amour errèrent aux environs, chacun allant de son côté.

» Alors on vit un spectacle étrange : ici les parents consentir, et les enfants refuser ; là les enfants exiger, et les parents mettre obstacle à leur désir, et la foule venir à tout instant entraver leur chemin.

» L'Amour, qui était un enfant sensible et sans volonté, s'affecta de cette situation, et songeait déjà à s'en retourner, quand, un jour, il rencontra par hasard un autre emplacement situé sur le versant d'une colline et qui présentait tous les avantages exigés pour le but qu'il se proposait de concert avec l'Hymen.

» Une des parties se trouvait dans le domaine de la Santé, et l'autre sur les limites de la Pauvreté.

» Devant eux était le Contentement.

» Le Plaisir résidait dans un magnifique palais à l'une des extrémités, et le Travail dans une cabane lui faisant face.

» L'Ambition était au-dessus, et le Vice au-dessous.

» Ce fut sur ce domaine que l'Hymen et l'Amour résolurent de construire le nouveau Temple.

» Mais l'Amour, que la longueur de la route et les tracas du voyage avaient fatigué, ne tarda pas à tomber malade, et mourut peu après.

» On l'enterra dans le nouvel édifice; et l'Hymen qui, depuis lors, ne cessait de se lamenter, lui éleva un magnifique mausolée sur lequel il grava les traits du petit dieu, et sur le marbre y déposa sa Torche.

» Là, devant le flambeau de l'Hyménée, et sur la tombe de l'Amour perdu, plus d'un vœu fut offert, et nombre de cœurs qui avaient engagé leur foi venaient en pleurant y chercher le Temple de l'Hyménée, le lieu de sépulture de l'amour.

» Hélas! votre bonheur est comme l'acier poli, que le moindre souffle suffit à ternir; vous ne pouvez espérer vider entièrement la coupe du plaisir, sans y trouver la lie. »

— « On peut considérer la vie comme un océan d'eau trouble, fit Lubeck, mais on y trouve des perles qui nous font nous aventurer sur sa surface. C'est en vain, oui, en vain, que vous essaierez de me faire changer d'idée. Non, l'amour est tout dans la vie, et la seule chose au monde qui la rende supportable.

» Si je devais entrer dans votre association, pour-

rais-je boire aux eaux du Léthé ? Non ! alors rappelez-
vous que votre souvenir est comme une galerie de
tableaux des temps passés ; or l'un deux pourrait s'y
rencontrer pour me poursuivre éternellement. Et ne
maudirais-je pas le jour où j'aurais échangé le bonheur
pour la science ?

» Ne pensez-vous pas ?

— « Il est inutile, reprit l'étranger en l'interrompant, de discuter plus longtemps avec vous désormais ;
vous vous trouvez en ce moment sous l'empire d'une
violente émotion qui vous enlève tout votre sang-froid.
Je vous donne un mois de réflexion ; alors je vous re-
verrai ; et j'espère, ce temps écoulé, que vos idées seront tout autres et que vos résolutions présentes seront absolument différentes.

» Je regretterais sincèrement, je l'avoue, qu'une
passion aussi instable, aussi éphémère que l'amour dût
nous diviser ; cependant, si, dans l'intervalle, votre
manière de voir venait à se modifier, rappelez-vous le
lieu où pour la première fois vous m'avez entendu.
D'ici là, adieu. »

— « D'ici là, fit Lubeck, ne viendra jamais ; mais
avant de nous quitter pour toujours, pardonnez-moi
le tort involontaire que je vous ai fait en pensée.
Par la nature extraordinaire de votre conversation, je
m'étais en effet figuré que tout ce que j'entendais n'é-
tait autre chose que les rêveries d'un fou.... Adieu ;
vous ne pouvez me donner un bonheur supérieur à
celui dont vous voudriez me priver. »

L'étranger sourit, et, s'inclinant, quitta l'appartement.

Cependant, l'époque fixée pour le mariage de Lubeck Schieffeld avec Héla, se rapprochait rapidement
quand, au lendemain du jour qui suivit son entrevue

avec l'étranger, Lubeck fut informé que sa fiancée venait de tomber subitement malade.

Les plus célèbres médecins de l'endroit accoururent; mais les symptômes de la maladie qui, dès le début, avaient été considérés comme très graves, résistaient aux efforts de la science et prenaient un caractère de plus en plus alarmant.

Bientôt le doute n'était plus permis; encore quelques jours, peut-être, et celle pour qui Lubeck n'avait pas hésité à sacrifier une existence assurée pour de longs jours, et ces connaissances supérieures qu'il ambitionnait tant, allait disparaître à tout jamais...

La crise attendue était arrivée...

Lubeck, à moitié fou de douleur, tenait ses yeux rivés sur cette forme autrefois si belle, aujourd'hui étendue là devant lui sans mouvement, et, anxieux, il remarquait le rouge hectique qui, peu à peu, doucement, venait faire place à cette teinte livide, l'avant-coureur certain d'une mort prochaine...

Au pied du lit se tenait un vieillard, le père d'Héla : sa douleur était sans parole, car il était sans espoir...

Le médecin impassible attendait. Quoi? l'arrêt suprême.

— « Rien ne peut la sauver? » murmura Lubeck, d'une voix entrecoupée par les sanglots.

— « Non, rien, à moins d'un miracle, » répondit le médecin.

— « Non, alors il le faut! » s'écria Lubeck ; et il se précipita au dehors.

. . . .

Huit jours à peine s'étaient écoulés, et nous retrouvons Héla, revenue complètement à la santé, et plus belle que jamais.

Ce miracle était dû à une potion inconnue apportée

par Lubeck et provenant d'une source également inconnue.

C'est en vain qu'on le questionna à ce sujet ; rien ne
put le décider à en dévoiler le secret. Lubeck restait
impénétrable.

Cependant, à partir de ce moment, on remarqua
avec étonnement la tristesse qui, tout à coup, se
répandit sur son visage et que toutes les attentions de
sa fiancée ne faisaient qu'accroître.

Les jours se succédaient rapidement, et Lubeck
continuait à garder sur l'époque de son mariage un
silence complet, incompréhensible.

. . . .

C'était pendant une de ces belles soirées fréquentes
vers la fin de l'automne. Le soleil venait de disparaître
derrière les montagnes d'un bleu sombre et le ciel
semblait être comme un reflet d'or bruni.

Les feuilles brillantes des arbres, les rochers envi-
ronnants et les collines au loin, avaient le même aspect doré offert par la même alchimie céleste.

Peu à peu, ces nuances se transformèrent en rouge
foncé, ayant tout l'éclat du rubis ; entremêlant d'une
façon splendide les teintes brunes et jaunes que l'automne avait répandues à profusion sur la nature entière.

L'on ne percevait aucun bruit, si ce n'est, à intervalles égaux, la note longue et mélancolique que
poussaient au loin quelques oiseaux inconnus.

La campagne était déserte ; Héla et son fiancé, la
main dans la main, marchaient à pas lents, absorbés
tous les deux et semblant être les seuls habitants d'un
monde silencieux... en présence des beautés de la
nature, que rien ne saurait égaler.

Le soleil, en se couchant, paraissait vouloir prêter
son éclat aux yeux des deux amants, sa couleur à

léurs joues, et ralentir sa course vers d'autres régions,
comme à regret de ne pouvoir éclairer plus longtemps leur bonheur terrestre...

Enfin, doucement il se coucha, et avec la même len-
teur, presque imperceptiblement, son rouge éclatant
se transforma en un tendre et pâle crépuscule; et la
lune, alors dans son plein, remonta graduellement à
son tour, et l'on vit quelques étoiles surgir une à une,
comme si elles appréhendaient la lumière; et puis
d'autres apparaître encore... jusqu'à ce que la voûte
du ciel n'offrit bientôt plus qu'une immense clarté aux
reflets d'argent...,

Ce fut la voix d'Héla qui, la première, rompit le
silence : « Il fera beau demain, » murmura la jeune
fille en jetant un long regard à l'horizon. Ce magnifique coucher du soleil en est, si je ne me trompe, un
indice certain. »

— « Je le crois, et j'espère qu'il en sera comme
vous semblez le désirer : mais pourquoi demain ? »

— « Oh ! demain devait être le jour de notre mariage... »

Il est de ces souvenirs que notre plus grand plaisir
serait de supprimer, de ces idées que nous voudrions
tenir éloignées, et sur lesquelles s'appesantir serait
une trop grande souffrance.

Ces souvenirs, l'esprit, une fois fatigué, les a oubliés,
et cependant un mot, un seul, viendra tout à coup
rappeler chaque pensée, reproduire en un instant
chaque souvenir qu'il éveillera, bien que sommeillant
depuis longtemps...

— « Ce jour ne sera jamais, » gémit Lubeck, au
comble de l'agitation.

— « Ai-je bien entendu ? Que voulez-vous dire ? »
s'écria Héla toute tremblante. »

— « Chère Héla, reprit Lubeck tristement, alors que vous étiez mourante, que rien ne semblait pouvoir vous sauver, car Dieu lui-même se déclarait impuissant et vous abandonnait !... rappelez-vous que c'est à ce moment suprême que j'allai chercher et que je rapportai bientôt le remède merveilleux qui, en quelques heures, allait donner un démenti aux pronostics de la science et à son arrêt de mort !...

— « Mais à quel prix ?... »

— « Vous l'avouerai-je, Héla ?... Je l'obtins au prix de mon bonheur :

» J'ai fait un vœu qui nous sépare à jamais ! »

— « Et ce vœu ? » s'écria la jeune fille épouvantée, haletante...

— « Ce vœu ?... Ecoutez-moi, chère âme. Loin de vous ce secret brûlait mes lèvres ; j'aurais tout donné pour vous le dire, et puis, dès que je me trouvais en votre présence, oh ! mon adorée, je gardais le silence, craignant de vous briser le cœur, comme j'ai brisé le mien.

» Y penser ! c'était pour moi une chose insupportable ; j'aurais voulu me persuader que tout cela n'était qu'un rêve... J'essayai d'ensevelir ce secret au plus profond de mon cœur ; j'aurais voulu tout oublier, tout, excepté le bonheur de vous avoir sauvée.

» Hélas ! ce secret m'étouffe ; je ne puis me le cacher à moi-même, et il serait trop cruel de vous le dissimuler plus longtemps...

» Héla, ce jour que vous venez d'évoquer, je ne puis l'entendre prononcer, il ne viendra jamais ! »

— » Quel mystère, Lubeck ? Je vous en supplie, en grâce, parlez clairement : je veux tout savoir. »

— « Alors, écoutez-moi, » continua Lubeck.

» Vous n'avez pas été sans entendre parler des Rose-

Croix; peut-être avez-vous cru qu'ils n'existaient que dans l'imagination des gens superstitieux ou des fous; malheureusement, il est trop vrai qu'ils existent, et je puis vous le prouver.

» Oui, leur savoir est immense; à quoi bon le nier? car c'est la vérité. Oui, leur pouvoir occulte est sans limite; eux seuls peuvent pénétrer les secrets de la nature entière; eux seuls peuvent coexister avec un monde. Mais ils possèdent aussi, ce qui à mes yeux avait une valeur bien plus grande que leur puissance, leur science et que la vie elle-même, cet élixir merveilleux qui vous sauva de la mort horrible qui vous guettait...

» Pour l'obtenir, j'ai été forcé de prêter ce serment redoutable qui nous sépare à jamais : j'ai fait vœu de célibat !

JE SUIS ROSE-CROIX !

. . . .

Longtemps, pendant longtemps, Héla resta silencieuse...

Mais bientôt, au coup terrible que cet aveu venait de lui porter, succéda peu à peu un autre sentiment plus terrible encore : le doute.

Un doute affreux sur la sincérité de cette déclaration inattendue; ses yeux remplis de larmes indiquaient la pénible hésitation qui la poussait à lutter entre une affection profondément enracinée dans son cœur et le dédain pour l'auteur d'une perfidie qui, dans son esprit, ne lui laissait aucune illusion...

— «Adieu ! » s'écria-t-elle enfin ; « si vous aviez ressenti pour moi une partie seulement de l'amour que j'éprouvais pour vous, vous seriez mort plutôt que de renoncer à celle qui demain devait être votre

femme. Mais laissons cela, adieu ! Le temps se char-
gera de chasser bientôt mon souvenir de votre cœur,
si jamais il y a eu là un semblant d'amour pour moi.
Allez chercher une autre favorite et, dans votre longue
succession d'années, abandonnez celle-là aussi facilement que vous vous séparez de moi.

» Faites-vous gloire auprès d'elle de la folle tendresse
d'un cœur qui n'avait jamais battu que pour vous, et
racontez-lui la simple histoire de quelqu'un qui ne
saurait vivre pour prouver que votre histoire est
fausse !... »

— « Fausse ! Héla, fausse ! s'écria Lubeck atterré. Oh !
jamais plus vous ne douterez de moi ! »

Et les larmes à son tour le gagnaient malgré lui.

— «J'avais pensé qu'en faisant abandon de mon bonheur entier, en me condamnant à un long supplice de
souffrances sans nom, car, pour moi, la vie sans vous
ne peut être autre chose, j'avais cru que celle pour qui
j'avais fait ce sacrifice m'aurait été du moins recon-
naissante en faveur des motifs qui m'avaient fait agir.
C'était là mon seul espoir... et alors que je viens lui
dévoiler cet affreux secret, lui faire connaître le vœu qui
lui a sauvé la vie en me condamnant à une existence
pire que la mort, elle m'accuse de fausseté ! La seule
compensation que j'espérais, c'étaient ses remerciements ; et ses remerciements mêmes me sont refusés !...

» Non, Héla, non, vous ne douterez plus de moi !...
Il me reste à vous prouver combien vous avez eu tort
de suspecter ma sincérité.

» Héla, regardez ce beau ciel étoilé !

» Bien des fois, j'ai contemplé avec une admiration
sans égale ces flots de lumière aux teintes variées ;
mais jamais avec une contention d'esprit aussi forte

qu'aujourd'hui, et cela parce que je sens que d'eux seuls
émane mon existence.

» Il y a une étoile qui, cette nuit, versera ses derniers
feux sur la terre : un monde cessera d'exister; une
vie humaine disparaîtra.

» Voyez-vous ce petit nuage qui s'avance doucement
sur la voûte du ciel? Tenez! il dirige sa course légère
vers cette pâle étoile! Et maintenant, Héla, vous ne
douterez jamais plus de moi! De cette étoile dépend
ma..... »

Héla se retourna et, sans vie, à ses pieds, était
étendu le Rose-Croix!...

Elle resta un instant silencieuse, comme si elle eût
douté de la réalité de sa mort; puis ses mains étrei-
gnirent convulsivement sa tête et, dans son cœur, elle
ressentit en une seconde les horribles souffrances qu'un
autre eût pu endurer en un siècle!

. . . .

Ecoutez! Que répète ainsi cet écho chagrin qui réveille le renard et fait tressaillir tout alentour? Le
loup hurle effrayé, le hibou pousse des cris lugubres en
s'enfuyant à tire-d'aile...

C'était un cri de terreur, un long et horrible cri
d'épouvante, et ce cri de désespoir raconte que toute
joie s'est envolée, que l'espérance s'est évanouie, et
qu'un cœur est brisé !

L'écho est redevenu muet; l'on n'entend plus les hurlements d'effroi du loup, le hibou terrifié s'est reposé
de son vol et de sa frayeur, et le silence une fois encore renaît dans le calme de la nuit.

La lune est arrivée à son apogée et, s'abaissant, elle
suit les ténèbres vers l'Occident; alors, à l'Orient apparaît un petit arc de lumière pâle qui devient de
moment en moment plus brillant; puis apparaissent

les longs rayons naissants du soleil qui s'avance, puis
l'astre lui-même éclate dans toute sa splendeur,
comme un conquérant, et chasse la nuit.

Les oiseaux gazouillent joyeusement sur les arbres
et, par degrés, parvient doucement à l'oreille le bourdonnement éloigné d'un monde qui s'éveille. — Mais
il y a un silence qu'aucun pouvoir humain ne saura jamais rompre — il y a des ténèbres que les soleils ne
pourront jamais éclairer — il y a un sommeil que le
matin ne réveillera jamais — c'est la mort du Rose-
Croix et d'Héla sa fiancée.

LA DANSE DU MORT

Si l'on doit ajouter foi à une ancienne chronique allemande qui se perd dans la nuit des temps, un vieillard du nom de Wilibald, joueur de cornemuse, était un jour venu habiter Neisse, petite ville de Silésie.

D'abord, il jouait en secret, pour son agrément personnel; mais comme ses voisins avaient pris plaisir à l'entendre, et que souvent ils aimaient à se réunir devant sa porte, maître Wilibald n'avait pas tardé à faire la connaissance des vieux et des jeunes, et, flatté et caressé par les uns et les autres, vivait heureux et content.

Les beaux cavaliers de l'endroit qui avaient remarqué la présence à sa porte des plus jolies filles de Neisse, pour lesquelles ils avaient écrit tant de mauvaise poésie, et perdu un temps encore plus précieux, étaient devenus ses auditeurs les plus assidus, écoutant ses refrains touchants, en soulignant par leurs profonds soupirs les passages les plus doux.

Il ne se faisait pas un mariage sans que le vieux musicien ne fût invité au repas de noces; et la fête

n'eût pas été complète, s'il n'eût pas joué à cette occasion un air de sa composition approprié à la circonstance.

A cet effet, il tenait en réserve une mélodie des plus
attendrissantes, gaie et sérieuse en même temps, où
l'idée folâtre et les sentiments mélancoliques représentaient le véritable emblème de la vie matrimo-
niale.

On trouve encore quelques traces de cette mélodie
dans la « Danse du grand-père » qui, d'après nos an-
cêtres, avait toutes les conditions requises pour les
fêtes de ce genre et qu'on chanté encore, çà et là, de
nos jours.

Aussi souvent que maître Wilibald jouait cet air, les
filles les plus prudes s'empressaient de prendre part
aussitôt à la danse ; la mère de famille courbée par
l'âge s'efforçait elle aussi de faire mouvoir ses articu-
lations raidies par les années, et le grand-père à tête
grise sautait joyeusement en compagnie de ses chers
petits-enfants...

Cette danse avait en réalité le don de rendre la
jeunesse aux vieillards, et c'est pour cela, sans doute,
qu'on l'avait surnommée, d'abord en plaisantant, et
plus tard, d'une manière générale, la « Danse du grand-
père ».

Quelque temps après l'arrivée à Neisse de maître
Wilibald, était venu habiter avec lui un jeune peintre
du nom de Wido, qui passait pour le fils ou l'enfant
adoptif du vieux musicien.

Mais la musique était pour le jeune homme le moindre de ses soucis : devant les plus belles mélodies que
jouait pour lui seul maître Wilibald, il restait froid,
silencieux et triste... et, dans les bals où le plus souvent
il était invité, rarement on le voyait prendre part à la

joie commune ; il s'isolait dans un coin de la salle et là restait les yeux fixés sur une jeune fille remarquable par sa beauté, mais sans oser jamais s'en approcher...

Le père de cette jeune fille était le bourgmestre de la ville : c'était un homme orgueilleux et hautain, qui eût cru sa dignité amoindrie s'il se fût douté qu'un peintre eût osé lever les yeux sur sa fille.

Mais la belle Emma ne partageait pas sur ce point l'opinion de son père ; elle aimait, en effet, avec toute la force d'une première passion qu'elle cachait avec soin, le taciturne et beau jeune homme.

Souvent, lorsqu'elle apercevait le regard expressif de Wido s'efforçant de saisir à la dérobée l'expression mobile de sa physionomie, elle voulut y mettre le masque de l'impassibilité ; mais vains efforts, et alors elle pouvait lire facilement sur le visage rayonnant de Wido la gratitude éloquente de son adorateur, et, bien qu'elle se retournât en rougissant, le feu de ses joues et l'éclair de ses yeux venaient allumer de nouvelles flammes d'amour et d'espérance au cœur du jeune homme.

Depuis longtemps, maître Wilibald se promettait d'aider de tout son pouvoir le pauvre amoureux ; et dans ce but, tantôt il songeait, — comme autrefois les magiciens, — il rêvait d'enlever à l'aide d'harmonie, aux mains de ce père barbare, celle qui devait faire le bonheur de son cher Wido ; ou bien encore... Mais à toutes les propositions bizarres du vieillard, Wido secouait tristement la tête : « Jamais, » disait-il invariablement, « je ne souffrirai que le père de la belle Emma ait à subir de qui que ce soit la moindre offense : ma persévérance et ma patience feront plus que tout le reste. » Et Wilibald répondait : « Tu es un niais si tu crois pouvoir obtenir d'un vieux fou riche et orgueilleux son

consentement à ton mariage uniquement par ta fran-
chise et ta persévérance. Crois-moi, il ne cédera pas
aussi facilement que tu l'espères, à moins qu'on ne se
serve de moyens moins platoniques ; et quand elle sera
ta femme, qu'il ne pourra plus rien changer à la
réalité, c'est alors seulement que tu le trouveras —
peut-être, — bon et bienveillant à ton égard.

» Je regrette vivement de m'être sottement engagé
envers toi à ne rien entreprendre contre lui sans ton
consentement; mais je suis vieux, cassé, et la mort
délie bien des choses... elle m'aidera à t'aider encore
— malgré toi... tu verras... »

Cependant le pauvre Wido n'était pas le seul qui
eût à se plaindre du bourgmestre : les épines et les
ronces étaient semées par lui sous d'autres pas : la ville
entière le détestait cordialement, car il était dur et
cruel, et punissait sévèrement sous le plus léger prétexte
ses malheureux administrés, à moins toutefois qu'ils
n'obtinssent la remise de leur peine au moyen de
fortes amendes ou par des présents offerts par eux volontairement.

La foire au vin avait lieu chaque année au mois de
janvier ; c'est à cette époque que le bourgmestre avait
l'habitude de prélever sur le gain de fortes sommes,
montant des amendes encourues à tort ou à raison
l'année précédente, et qu'il s'empressait de verser
dans sa cassette particulière.

Un jour, vers ce temps-là, le tyran de Neisse mit
leur patience à une si rude épreuve qu'ils finirent par
se révolter; ne parlant rien moins que de mettre le
feu à sa maison, de le brûler, et avec lui toutes les
richesses, fruit de ses exactions...

A ce moment critique, Wido alla trouver maître
Wilibald, et lui dit : « Aujourd'hui, mon vieil ami, le

jour est venu de me prêter le secours de votre art mu-
sical, ainsi que maintes fois, vous me l'avez offert; si
réellement votre musique est aussi puissante que vous
le prétendez, faites-en usage pour arracher le bourgmestre à cette populace enragée.

» En retour, il vous accordera certainement la récompense que vous êtes en droit de lui demander;
dites-lui que j'aime sa fille et exigez qu'il consente à
mon mariage avec la belle Emma : il ne pourra vous
refuser après le service que vous lui aurez rendu... »

Le joueur de cornemuse se mit à rire en l'écoutant,
et reprit :

« Il nous faut bien satisfaire les caprices des enfants
afin de les empêcher de crier. » Et, sans ajouter un
mot, il prit sa cornemuse, et se dirigea lentement vers
la place de l'Hôtel-de-Ville où les émeutiers armés de
piques, de lances et de torches allumées se disposaient
à mettre le siège devant l'édifice municipal où le bourgmestre tout tremblant s'était réfugié.

Maître Wilibald alla se placer près d'un piller, et
commença à jouer sa « Danse du grand-père ».

Les premières notes de ce morceau favori s'étaient
à peine fait entendre, que les visages décomposés par
la fureur deviennent souriants et joyeux; les sourcils
froncés perdent leur expression menaçante; les piques
et les torches tombent à terre, et les assaillants se
mettent en marche en battant la mesure du pied et en
dansant...

La place qui, tout à l'heure, présentait les scènes du
plus grand désordre, n'offre plus que l'aspect d'une assemblée de gens paisibles, décidés à rire et à s'amuser.

Le vieux musicien continuait à souffler sans relâche
dans sa cornemuse, tout en s'avançant lentement à
travers la ville, suivi d'une foule immense qui le pré-

cédait toujours en dansant... puis chacun finit par se
séparer en regagnant tranquillement le logis qu'on
avait quitté naguère sous des impressions bien différentes.

Le bourgmestre, sauvé comme par miracle, ne savait
comment exprimer sa gratitude : « Je vous promets »,
s'écria-t-il, en s'adressant au musicien, « tout ce que
vous me demanderez ; je vous en donne ma parole,
dussiez-vous exiger de moi la moitié de ma fortune !... »

Mais Wilibald lui répondit en souriant que son ambition n'allait pas si loin ; qu'il était content de son
sort, et que, personnellement, il ne désirait plus rien.
« Cependant, ajouta-t-il, puisque sa seigneurie, monsieur le Bourgmestre, tient tant à m'être agréable,
qu'il reporte ses bonnes intentions sur mon cher Wido,
en lui accordant la main de sa fille qu'il aime depuis
longtemps. »

Mais cette demande n'était pas du goût de l'orgueilleux magistrat qui en éprouva une vive contrariété :
il chercha d'abord à éluder ses promesses par tous les
moyens possibles ; et comme Wilibald insistait, il finit
par déclarer que ce désir était une offense faite à sa
dignité, — ce que les despotes d'alors invoquaient facilement à tout propos, et ce que de nos jours ceux-ci
pratiquent encore de la même façon ; — puis il le
traita de perturbateur, d'ennemi de la sécurité publique et enfin le fit jeter en prison...

Mais, non satisfait encore, il chercha à le faire passer
pour sorcier (ce qui, à cette époque, équivalait à un
arrêt de mort), l'accusant d'être le vrai joueur de cornemuse et le chasseur de rats de Hamelu qui avait
alors, et a encore de nos jours, une si mauvaise réputation dans les provinces germaniques pour avoir en-

levé, grâce à son art infernal, tous les enfants de cette malheureuse ville. .

La seule différence, — ajoutait le bourgmestre, — entre les deux cas, c'est que, dans Hamelu, il n'avait fait danser que les enfants à l'aide de sa cornemuse; tandis qu'ici les jeunes et les vieux lui avaient paru se trouver sous la même influence magique.

C'est ainsi qu'en propageant adroitement cette odieuse accusation, il réussit facilement à détourner du prisonnier tous ceux qui pouvaient encore s'intéresser à son infortune.

La peur qu'elle avait de la sorcellerie, et l'exemple des enfants d'Hamelu, avaient agi si fortement sur cette population simple et crédule, que shérifs et greffiers ne faisaient qu'écrire jour et nuit...

Le bourreau calculait à combien reviendrait le bûcher; le sacristain quêtait pour se procurer la corde neuve qui servirait à sonner le glas du pauvre diable; les charpentiers préparaient les tribunes qui devaient contenir les spectateurs accourus à l'exécution prochaine; et les juges répétaient enfin la grande scène qu'ils allaient pouvoir jouer à cette occasion...

Cependant, malgré toute l'habileté de la justice, maître Wilibald devait être encore plus habile; car après avoir bien ri, en apprenant les funèbres préparatifs qui concernaient sa personne, il s'étendit sur la paille de son cachot, et le lendemain on le trouva mort...

Mais, quelques jours avant sa fin, il avait obtenu qu'on lui amenât son cher Wido : « Jeune homme, » lui dit-il, « tu vois que, grâce à ta façon d'envisager l'humanité, je n'ai pu te rendre aucun service ; je suis fatigué des sottises que ta folie m'a fait commettre ; tu as acquis actuellement assez d'expérience pour comprendre qu'il est impossible de calculer, ou du moins de baser des projets sur la bonté de la nature humaine, alors même qu'on serait soi-même trop bon pour ajouter foi à la bonté des autres.

» Pour moi, je ne voudrais pas compter sur l'exécution de la dernière prière que je t'adresse, si ton propre intérêt ne te forçait à l'accomplir...

» Quand je ne serai plus, aie bien soin que ma cornemuse soit enterrée avec moi ; elle ne te serait d'aucune utilité si tu l'emportais, mais au contraire elle peut être la cause de ton bonheur si tu fais ce que je désire... »

Wido promit d'exécuter fidèlement les dernières volontés de son protecteur et ami qui mourut peu après.

A peine la nouvelle de cette mort subite et mystérieuse eut-elle été connue, que chacun, jeune ou vieux, voulut s'assurer de la réalité du fait, et courut à la prison en se livrant à toutes sortes de commentaires.

Plus que personne, le bourgmestre se trouvait intérieurement bien aise de la tournure que venait de prendre cette affaire, car l'indifférence que le prisonnier avait manifestée en apprenant le sort qui lui était prochainement réservé amenait sa seigneurie à supposer, — à tort ou à raison, — que le prétendu magicien aurait bien pu lui jouer au dernier moment quelque tour de sa façon.

Cette mort inexplicable lui enlevait désormais toute inquiétude à cet égard ; et c'est le cœur léger qu'il donna l'ordre de procéder immédiatement à l'inhumation.

Un des coins du cimetière attenant aux murs de la prison était spécialement réservé aux suicidés et aux suppliciés ; ce fut là qu'au point du jour fut enfoui le corps du pauvre Wilibald.

Cependant le geôlier, héritier légal du décédé, ayant fait l'inventaire des quelques objets laissés par lui, se demandait ce qu'allait devenir la cornemuse — *corpus delicti.*

Wido, qui assistait à cette opération, était sur le point de présenter sa requête au bourgmestre relativement à cet objet, ainsi qu'il l'avait promis à son protecteur, lorsque le zélé magistrat, le devançant, s'écria en ricanant : « Que ce méchant instrument sans valeur soit enterré avec son propriétaire ; il lui servira de distraction... »

Cela dit, on plaça la cornemuse dans le cercueil à côté du cadavre, et au point du jour le tout fut enlevé et porté au cimetière.

Mais, la nuit suivante, il se passa d'étranges choses.

Les veilleurs de nuit en observation sur la tour pour donner l'alarme en cas d'incendie, — ainsi que cela se pratiquait d'habitude à cette époque, — aperçurent tout à coup, un peu avant minuit, à la clarté de la lune, maître Wilibald quittant la fosse où il reposait depuis le matin...

Tenant à la main sa cornemuse, il vint s'appuyer sur une tombe voisine sur laquelle la lune projetait ses rayons lumineux, et bientôt on put entendre l'air préféré qu'il jouait habituellement de son vivant...

Tandis que les veilleurs de nuit, frappés de stupeur, se regardaient sans oser bouger, d'autres tombes s'entr'ouvrirent... des squelettes de tailles diverses soulèvent leur tête décharnée hors de leur cercueil, qu'ils abandonnent, et à pas lents se dirigent en dansant vers le musicien encore recouvert de son blanc linceul.

Aux fenêtres de la chapelle et aux grilles des caveaux funèbres apparaissent d'autres squelettes aux yeux vides qui semblent contempler, surpris, le joueur de cornemuse et son entourage.

Bientôt leurs bras desséchés s'abattent avec un bruit sinistre sur les portes de fer qu'ils secouent avec force, jusqu'à ce que serrures et verrous finissent enfin par tomber.

Ce fut alors un pêle-mêle général, une course effrénée vers le musicien, tous impatients de se mêler à leur tour à la danse du mort...

Alors les nouveaux arrivés se mirent à tourner rapidement en cadence au son d'une valse entraînante, pendant que les suaires qui enveloppaient encore quelques-uns d'entre eux tourbillonnaient sous l'action de l'air en mouvement, mettant à découvert les membres décharnés des acteurs de cette ronde fantastique.

Mais, à minuit sonnant, cette étrange cohue se disperse comme par enchantement, et regagne en courant et se bousculant les tombes un instant abandonnées.

Quant au musicien, il reprend tranquillement à son tour le chemin du cimetière, et à tout ce bruit succède bientôt un profond silence que rien ne vient plus troubler : le champ de repos a repris son aspect triste et mélancolique.

. . . .

Cependant, à peine le jour a-t-il commencé à poindre, que les veilleurs de nuit, encore tout tremblants, la terreur peinte sur le visage, et pouvant à peine se soutenir, vont frapper chez le bourgmestre auquel ils racontent l'horrible scène dont le cimetière vient d'être le théâtre.

Celui-ci, à la fois surpris et inquiet, leur fit promettre de garder un silence absolu sur tout ce qu'ils avaien

vu, et leur promit, en les congédiant, de veiller lui-
même avec eux la nuit suivante.

Néanmoins la nouvelle ne tarda pas à se propager
rapidement dans toute la ville qu'elle frappa de stupeur, tout en excitant la curiosité du plus grand
nombre; et, à la tombée de la nuit, toutes les fenêtres
et les toits avoisinant le cimetière étaient garnis de
spectateurs qui, à l'avance, discutaient bruyamment
la possibilité ou non des événements extraordinaires
dont ils espéraient à leur tour être les témoins.

Leur attente ne fut pas trompée : à onze heures
précises, apparut, appuyé contre une tombe, le joueur
de cornemuse qui, sans plus tarder, se mit à jouer son
air de prédilection.

On eût dit que les morts n'attendaient que ce moment pour quitter de nouveau leurs cercueils; car dès
les premières mesures, tous se dirigèrent vers le musicien... et alors hommes et femmes, grands ou petits,
— hideux à voir — entourent le joueur de cornemuse
en dansant, gesticulant, tout en marquant le pas suivant le rythme plus ou moins accéléré des morceaux qui
se succèdent sans interruption...

Mais, aux premiers coups de minuit, les squelettes
s'arrêtèrent brusquement, et, quelques instants plus
tard, tous avaient disparu.

La foule qui se pressait anxieuse, épouvantée, aux
fenêtres et jusque sur les toits des habitations voisines,
avoua alors « qu'il y avait certainement plus de choses
au ciel et sur la terre que notre philosophie n'en peut
rêver. »

Le bourgmestre était peu porté de sa nature à
croire au merveilleux, ce qui dénotait, à cette époque
où la superstition régnait au plus haut degré sur les
masses, une certaine force de caractère assez rare.

Cependant il n'avait pu tout d'abord se défendre de quelque appréhension qui, — avouons-le, — semblait assez excusable, en présence des faits extraordinaires qu'il avait pu constater *de visu* du haut de la tour.

Mais, réagissant bientôt sur cette défaillance momentanée qu'il jugeait indigne d'un homme de son caractère, et voulant à tout prix ramener le calme dans les esprits de la population affolée, il prit le parti de faire arrêter le prétendu fils de maître Wilibald, et d'obtenir de lui, soit par la persuasion ou par tout autre moyen, — dût-il employer la force, — la clé de ce mystère, persuadé, en réfléchissant, qu'il pouvait bien ne pas y être étranger; aussi, sans plus tarder, il fit jeter le pauvre Wido en prison, et, le jour même, il procéda à son interrogatoire en présence de quelques hauts fonctionnaires qui avaient tenu à y assister.

Wido répondit aux accusations ridicules du bourgmestre en lui rappelant « son ingratiude envers l'homme qui lui avait naguère sauvé la vie, » et soutint avec force que si le défunt enlevait aux morts leur repos, et aux vivants le sommeil, c'était uniquement parce qu'il n'avait reçu, au mépris de ses promesses, qu'un refus dédaigneux à la demande formulée; et que, non content de violer la parole donnée, il avait fait mettre en prison un innocent avec l'espoir qu'il n'en sortirait plus que pour aller au bûcher, auquel il n'échappa qu'en mourant subitement. Son corps avait alors été jeté dans le coin du cimetière réservé d'ordinaire aux suppliciés : « Si le mort se vengeait maintenant, » ajouta-t-il, « le fils adoptif n'en était pas cause, mais il ne pouvait que l'approuver. »

C'est là tout ce qu'il avait à dire.

Le bourgmestre, fort contrarié de la marche qu'avait prise le débat, cherchait en vain à se disculper vis-à-vis de l'accusé transformé à son tour en accusateur.

Les auditeurs attentifs secouaient la tête d'un air incrédule, et ne pouvaient cacher entièrement l'impression pénible que leur causait cette affaire qui allait jeter une défaveur méritée sur l'impartialité de la justice à Neisse et sur le premier magistrat de la cité en particulier.

Aussi, d'un commun accord, la culpabilité de Wido en tant que complice des agissements du joueur de cornemuse, fut écartée. Sa conduite privée n'avait jusqu'alors donné lieu à aucun reproche, et sa parenté ou non avec maître Wilibald n'était pas un motif suffisant pour qu'il fût complice des tristes scènes dont le musicien après sa mort était seul l'instigateur reconnu. On le mit donc en liberté, en dépit de l'opposition du bourgmestre et de sa mauvaise humeur évidente sur un résultat qu'il n'avait certes pas prévu.

Il fut ensuite décidé que le cadavre du prétendu magicien serait exhumé et transporté dans une autre partie du cimetière où il pourrait reposer en paix en la donnant aux autres ; c'était réparer ainsi, — dans une certaine mesure, — le préjudice causé au mort et au vivant.

Le fossoyeur, chargé d'exécuter les ordres qu'on lui avait transmis en conséquence, apercevant la cornemuse, pensa qu'il n'y avait aucun inconvénient à s'en emparer, — ce qu'il fit sans scrupule ; — il l'emporta chez lui et la suspendit à la tête de son lit : « Si le damné musicien ne peut se passer d'exercer sa profession machiavélique, même dans la tombe, » se dit-il, « il est certain qu'il ne pourra plus faire danser personne sans cet instrument. » Et, enchanté de son idée, il alla se reposer.

Mais, un peu avant minuit, il entendit distinctement

frapper à sa porte. Réveillé souvent la nuit pour une
cause ou pour une autre ayant trait à son ministère,
il s'empressa de sauter à bas de son lit et alla ouvrir.

Mais quelle ne fut pas son épouvante en apercevant,
à la clarté de la lune qui projetait ses rayons lumineux
sur la maison, maître Wilibald qui, d'une voix sépul-
crale, s'écria : « Ma cornemuse ! » et qui, passant à
côté du fossoyeur plus pâle que le fantôme, et tremblant de tous ses membres, se dirigea droit vers le lit,
y décrocha l'instrument, puis, sans ajouter un mot,
sortit lentement de la chambre, ouvrit la porte et regagna le cimetière où bientôt on pouvait l'apercevoir
tranquillement installé sur une large pierre qu'ombrageaient de noirs cyprès, et préludant déjà aux airs
qu'il se disposait encore à jouer...

Ses auditeurs habituels n'avaient pas tardé à le rejoindre, et allaient prendre part à la danse, ainsi
qu'ils l'avaient fait la nuit précédente.

Mais, cette fois, il en fut tout autrement ; maître
Wilibald au bout d'un instant se leva et s'avança vers
la grille du cimetière qu'il ouvrit, et, accompagné
d'une suite nombreuse de spectres à la face grimaçante,
il se dirigea d'un pas ferme vers la ville qu'il parcourut en tous sens en jouant sans s'arrêter, jusqu'au
moment où vint à sonner minuit...

L'étrange cortège, Wilibald en tête, reprit le chemin du cimetière, laissant les malheureux habitants
de Neisse sous l'impression d'une terreur folle ; car ils
commençaient à craindre la venue prochaine dans leur
habitation même des fantômes redoutés.

Cependant, quelques-uns des membres les plus in-
fluents parmi les principaux magistrats de la cité
n'étaient pas absolument exempts de toute crainte ; il
fallait agir sans plus tarder. Dans ce but, ils se réuni-

rent à la hâte à l'hôtel de ville, où le bourgmestre
avait été de son côté invité à se rendre, et, persuadés
que lui seul était la cause principale des événements
incroyables qui depuis la mort du musicien avaient
bouleversé leur ville, — naguère si paisible, — on le
supplia d'y mettre un terme en donnant suite au désir
exprimé par maître Wilibald qui, en récompense des
services rendus au bourgmestre, ne lui demandait en
échange que d'accorder la main de sa fille à son fils
adoptif — son cher Wido.

Mais, sur ce point, le bourgmestre ne voulait rien entendre : il avait un parti pris que ni prières ni menaces
ne parvenaient à fléchir : « Je suis convaincu, » dit-
il, « que Wido, — malgré les apparences, — connaît
les moyens surnaturels employés par le joueur de
cornemuse pour satisfaire son ambition. » Et il ajouta :
« Ce méchant barbouilleur mériterait plutôt la corde
ou le bûcher, que l'honneur du lit nuptial ! » Puis il
quitta la salle des délibérations.

Mais ce qui advint la nuit suivante surpassa tout ce
qu'on avait vu jusqu'alors.

Le ciel était devenu sombre ; de gros nuages chargés
d'électricité s'étaient amoncelés au-dessus du cimetière où ils semblaient immobiles.

L'air était chaud, écrasant ; par instants, un éclair
déchirait la nue, un roulement de tonnerre se faisait
entendre, répercuté au loin par l'écho.

Le jour avait disparu depuis longtemps...

Les curieux qui, ce soir-là, avaient osé s'aventurer
de ce côté, aperçurent à la lueur des éclairs, qui se succédaient presque sans interruption, un spectacle bien
fait pour jeter l'épouvante dans le cœur des plus
braves... Toutes les fosses étaient ouvertes... les pierres
tombales brisées... les grands arbres renversés... et au

milieu de toutes ces ruines surgissaient des êtres sans nom... qui se dirigeaient rapidement vers la ville où régnait un morne silence que l'orage seul. venait troubler...

A peine arrivés, ils s'étaient répandus dans les rues principales, s'arrêtant de préférence devant les maisons qu'habitait la jeune fille promise au fiancé de ses rêves.

Bientôt, à la lueur des éclairs, on eût pu voir tous ces corps privés de sentiment, cette cohue d'un autre monde, former un cercle immense autour d'une ombre, image ressemblante de la fiancée, et se livrer pendant un instant à une danse effrénée, horrible à contempler.

Puis, de même que la veille, et à la même heure, les morts, — maître Wilibald en tête, — cédaient la place aux vivants et regagnaient sans que personne n'eût osé intervenir, — tant la terreur était grande, — la nécropole profanée que l'orage continuait à envelopper comme d'un voile funèbre...

Le lendemain et les jours suivants, la ville entière était plongée dans le deuil... car partout où les fantômes s'étaient arrêtés, les jeunes filles dont l'ombre avait figuré à la danse des morts étaient trouvées sans vie, étendues sur leur couche virginale...

A cette nouvelle, l'exaspération des habitants de Neisse ne connut plus de bornes : on se rua, les armes à la main, vers la demeure du bourgmestre, qui ne dut son salut qu'en promettant de marier enfin le jour même sa fille avec le peintre Wido.

Les préparatifs se firent à la hâte; et longtemps avant l'heure à laquelle les spectres redoutés apparaissaient d'ordinaire, les invités, heureux de ce dénouement, qui, — du moins ils en avaient maintenant le ferme espoir, — allait mettre un terme aux scènes tragiques dont leur ville. avait été le théâtre depuis quelques jours, se trouvaient réunis au banquet nup - tial...

Minuit sonna...

Alors, au milieu d'un profond silence qui se fit tout à coup, l'on put entendre dans le lointain l'air bien connu de la « *Danse du grand-père.* »

Tous les convives, saisis d'effroi, se précipitèrent aux fenêtres, et aperçurent le joueur de cornemuse, suivi d'une longue file de squelettes à moitié enveloppés de leur suaire, qui se dirigeait lentement vers la maison.

Sur un signe du vieux musicien, la procession s'ar- rête au seuil de la porte, pendant qu'il continue le mor- ceau commencé; puis, sur un nouveau signe de maître Wilibald, un grand mouvement se produit parmi les nouveaux venus qui reprennent en partie le chemin du cimetière, tandis que, seul, un petit nombre d'entre eux pénètre dans la salle du festin en laissant le joueur de cornemuse au dehors.

Ces fantômes aux visages blêmes se frottent alors les yeux et se regardent d'un air étonné, comme des gens endormis qu'on réveille en sursaut.

Bientôt leurs joues commencent à se colorer légè- rement... leurs lèvres blanches reprennent la fraîcheur que donnent la santé et la jeunesse... l'apparence ca- davérique disparaît à son tour... et des voix douces et joyeuses prononcent avec émotion des noms aimés...

On les reconnaît : ce sont les fiancées dont la mort prématurée et mystérieuse avait rempli de deuil la ville entière quelques jours auparavant, et qui, arra- chées par une main puissante, — celle du vieux ma- gicien, — à l'horreur du cercueil, avaient été amenées ensuite par lui au son de la cornemuse dans la salle même où se célébrait le mariage de son cher Wido et de la belle jeune fille cause involontaire de tous les maux qui avaient fondu tout à coup sur Neisse et ses habitants.

Cependant l'étrange vieillard se mit à considérer d'un air satisfait l'assemblée frémissante, fit entendre une dernière mélodie où toute son âme semblait s'être concentrée, puis disparut sans que jamais on ait retrouvé sa trace; au cimetière là fosse qu'il occupait était vide!

. . . .

Wido pensait que le joueur de cornemuse n'était autre que le fameux « Esprit de Silésie (1) ». Le jeune peintre l'avait rencontré un jour par hasard en traversant ces montagnes, et avait gagné ses bonnes grâces; il ne savait pourquoi. — Depuis lors, cette amitié n'avait fait que croître, et jusqu'à sa mort elle ne s'était jamais démentie un seul instant, — ainsi que le lecteur a pu le voir dans ce récit.

Wido continua à demeurer le favori de l'Esprit des montagnes : il devint riche et célèbre. Ses tableaux avaient acquis une grande valeur et étaient recherchés en Italie et en Angleterre.

Sa « *Danse du mort* », dont Bâle, Anvers, Dresde, Lubeck et d'autres villes encore se glorifient, ne sont que des copies ou des pastiches du tableau original

---

(1) L'Esprit des montagnes de Silésie joua un grand rôle dans les contes populaires allemands; il apparaît toujours rempli de gaieté bruyante bizarre.

Le peuple le connaissait mieux par son sobriquet de « Rubezahl ».

L'accident qui donna lieu à ce surnom a été raconté de main de maître dans les récits populaires du « Musaus German Popular Tales »,

(*Note du Traducteur.*)

qu'exécuta Wido en mémoire de la véritable « *Danse du mort à Neisse* ».

Mais, hélas! ce tableau est perdu, et aucun collectionneur n'a pu jusqu'ici le découvrir dans l'intérêt des amateurs en particulier et de l'histoire de l'art en général.

RUMPELSTILZCHEN

Il y avait une fois un meunier qui était très pauvre, mais qui avait une fille d'une rare beauté.

Or, il advint qu'il eut occasion de parler au roi, et, afin de se donner une certaine importance, il lui dit :

« J'ai une fille, qui peut tisser la paille en or. »

Le roi répondit au meunier : « Ce talent me ravit, et si ta fille est aussi habile que tu le dis, conduis-la dans ce palais, et je la mettrai à l'épreuve. »

Quand elle fut en sa présence, le roi la fit entrer dans une salle remplie de paille, lui donna un rouet et un fuseau, et lui dit :

« Maintenant, mettez-vous à l'ouvrage, et si demain cette paille n'est pas transformée en fil d'or, vous mourrez. »

Puis il ferma la porte à clé, et laissa la jeune fille seule.

La pauvre enfant s'assit, désolée, en songeant à ce qu'on attendait d'elle, car elle ne savait, — comment l'aurait-elle su? — la manière de s'y prendre pour obéir au roi.

Bientôt sa douleur s'accrut tellement, qu'elle se mit

à fondre en larmes ; mais, tout à coup, la porte s'ouvrit et un nain entra :

« Bonsoir, ma jolie meunière, dit-il; pourquoi pleurer ainsi? »

« Oh! » répondit la jeune fille, « je suis bien à plaindre; il me faut tisser cette paille en or. Comment pourrai-je jamais y parvenir? et cependant ma vie en dépend. »

« Et si je faisais cette besogne à votre place, que me donneriez-vous, ma belle enfant? » dit le nain.

— « Mon fichu, » — répondit-elle.

Le nain prit le fichu, s'assit devant le rouet et se mit au travail.

Bientôt, sous ses doigts agiles, le fuseau s'emplit de fil d'or; il en prit un second, un troisième, et, sans s'arrêter, il continua de tourner le fuseau jusqu'au matin, puis il disparut.

Au lever du soleil, le roi vint et fut étrangement surpris et tout joyeux à la vue de tant d'or, mais ce prodige ne fit qu'enflammer sa cupidité. Il conduisit la fille du meunier dans une pièce plus vaste, remplie également de paille, en lui donnant l'ordre de tisser le tout dans la nuit; et il se retira en refermant la porte, ainsi qu'il l'avait fait la veille.

La jeune fille, restée seule, se prit encore à pleurer, lorsque, de nouveau, la porte s'ouvrit, et le nain entra :

« Que me donnerez-vous, si je parviens à tisser cette paille? » lui dit-il.

« Mon anneau que voici, » répondit-elle.

Le nain prit l'anneau, commença à tourner le rouet, et, au point du jour, la tâche était terminée.

Le roi fut enchanté du résultat, sans être pourtant encore complètement satisfait. Aussi, mettant la jeune fille dans une pièce encore plus grande, il lui dit en la quittant :

« Vous avez la nuit entière ; travaillez, et si demain l'ouvrage est terminé, vous serez ma femme. »

« Car, se disait-il à part soi, s'il est vrai qu'elle ne soit que la fille d'un pauvre meunier, la bassesse de son origine est amplement compensée par le merveilleux talent qu'elle possède, et nulle part, certes, je ne trouverai, en l'épousant, un pareil trésor. »

Dès qu'il se fut retiré, le nain, pour la troisième fois, reparut et dit à la meunière :

« Je veux bien vous aider encore, mais que me donnerez-vous en échange ? »

« Je n'ai plus rien, » — répondit la jeune fille en pleurant.

« Alors, jurez-moi de m'abandonner votre premier-né, si un jour vous devenez reine. »

Longtemps, la pauvrette hésita en réfléchissant aux conséquences d'un pareil engagement ; cependant, vaincue à la fin par l'obstination du nain, qui se dirigeait vers la porte, et séduite par le mirage que le roi avait fait luire à ses yeux, elle y consentit et le pacte fut conclu.

Et cette fois encore, la paille, grâce au nain, subit la métamorphose exigée par le roi qui épousa la meunière, comme il l'avait promis.

Un an après, la reine mettait au monde un fils ; mais elle avait oublié complètement la promesse qu'elle avait faite au nain, lorsque, tout à coup, celui-ci entra dans la chambre et, montrant le bébé endormi, lui dit :

« Donnez-moi ce que vous m'avez promis. »

La pauvre mère, effrayée, supplia le nain de lui laisser son enfant, lui offrant en retour les immenses richesses qu'elle possédait ; mais le nain lui répondit en colère : « Tous les trésors du monde ne sauraient pour moi compenser la possession de l'enfant de la reine. Cet enfant m'appartient — je le veux. »

Alors la reine se mit à pleurer si fort que le nain eut enfin pitié de sa douleur : « Je vous accorde trois jours, lui dit-il, et si, à l'expiration de ce terme, vous arrivez à découvrir le nom que je porte, je vous dégagerai, quoi qu'il m'en coûte, de votre serment. » La nuit entière se passa pour la reine à se rappeler les noms qu'elle avait entendu prononcer autour d'elle, puis elle envoya un messager recueillir par tout le royaume le nom de chacun de ses sujets. Quand le nain revint, elle répéta l'un après l'autre tous ceux qu'elle avait retenus ; mais, aux noms prononcés, le nain secouait la tête et invariablement répondait : « Ce n'est pas le mien. »

Le troisième jour, le messager étant de retour dit à la reine : « Gracieuse souveraine, je crois avoir trouvé enfin le nom que vous avez tant d'intérêt à connaître, et c'est au hasard seul que je le dois. Je traversais, ce matin, un bois touffu, lorsque j'aperçus tout à coup une petite maison sans portes ni fenêtres, devant laquelle un immense feu était allumé : je m'approchai doucement. Près du brasier, un nain sautillait sur une jambe et chantait :

» Quelle joie ! quel bonheur extrême ! demain j'aurai l'enfant de la reine, oui, je l'aurai, car jamais personne, à moins d'être sorcier, ne saura que je m'appelle : « RUMPELSTILZCHEN. »

La reine était sauvée. Aussi, bientôt après, lorsque le nain se présenta de nouveau devant elle, celle-ci lui dit en souriant :

« Votre nom est Kunz ? »

« Non, » répondit le nain.

« Alors, Karl? sans doute: »

« Non. »

« Eh bien, fit la reine, en ce cas vous vous appelez :
RUMPELSTILZCHEN. »

Décrire la stupéfaction et la fureur du nain, serait
chose impossible : l'écume lui sortait de la bouche, ses
yeux lançaient des éclairs. La reine reculait épouvantée, lorsque, tout à coup, le nain frappa du pied
avec une telle rage, que le plancher s'entr'ouvrit et
qu'il disparut dans le vide, en laissant derrière lui une
forte odeur de soufre et de fumée.

Quant à la reine, réveillée brusquement par un fort
coup de tonnerre, elle aperçut, en jetant les yeux au
dehors, les blanches ailes de son moulin qui tournaient
sous le souffle de la tempête.

Son royaume d'un jour s'était écroulé, car tout ce
que l'auteur vient de raconter n'était qu'un rêve.

LA SORCIÈRE DES LANDES

LÉGENDE

C'était au siècle dernier, la veille de la Toussaint.

Un groupe de jeunes gens qui, pour la plupart, appartenaient à l'Université de Goëttingue, se trouvait réuni autour d'une table, dans une taverne située non loin de la faculté.

Les bouteilles et les verres avaient circulé à la ronde avec une telle rapidité, que beaucoup de nos joyeux compagnons n'avaient pas tardé à rouler sous la table où quelques imprécations étouffées ou un ronflement sonore dénotaient seuls leur présence.

Cependant, peu à peu, chacun avait fini par quitter, en trébuchant, la caverne, si nous en exceptons deux d'entre eux, un étudiant du nom de Léopold von Desterreich, et un capitaine d'un régiment de ligne qui tenait alors garnison dans la ville et qui se nommait Schwaertzwell.

Tous deux avaient su résister aux effets stupéfiants des nombreuses libations de la soirée.

On eût trouvé difficilement, dans toute l'Université,

un homme ayant conservé plus que Léopold von Oesterreich le véritable caractère de l'étudiant dans toute l'acception du mot.

Il était le fils unique d'une mère trop indulgente qui, non seulement fermait les yeux sur ses folies et ses défauts, mais contribuait encore indirectement à les entretenir, en le laissant puiser à pleines mains dans sa bourse toujours ouverte.

A son âge, il n'en fallait pas davantage; aussi en usait-il largement.

Le capitaine Schwaertzwell avait manifesté à maintes reprises un goût prononcé pour la société des étudiants, et il était un des rares privilégiés qui, sans faire partie de leur confrérie, avaient été néanmoins admis à en partager les joyeux ébats.

C'était un homme de mœurs dissolues, au visage repoussant :

Sa conversation était aussi dépravée que ses manières étaient communes ; il professait en toutes choses le plus grand scepticisme, ne croyant ni à Dieu ni à diable ; craint et haï de la plupart des écoliers auxquels, cependant, il s'efforçait, quand l'occasion s'en présentait, de se rendre utile ou agréable, il était toujours prêt à soutenir l'épée à la main ses opinions et ses insolences.

Son exemple ne pouvait qu'être pernicieux pour les jeunes gens de l'école, déjà trop disposés à se laisser aller à leurs penchants pour les choses mauvaises, et on le savait si bien, que tout nouveau venu recevait du recteur l'avis paternel de fuir autant que possible sa société. Léopold ne craignait pas le capitaine ni personne autre ; mais il le haïssait cordialement, et à ce sentiment de répulsion instinctive venait se joindre un profond mépris.

Le capitaine ne l'ignorait pas, et agissait avec lui en conséquence, le flattant toujours, ne le plaisantant jamais.

Cependant le soldat et l'étudiant étaient devenus silencieux : tous les deux se renvoyaient mutuellement la fumée de leur pipe au visage, sans s'en préoccuper autrement; la bouteille encore pleine restait stationnaire sur la table, lorsque, tout à coup, le capitaine, posant sa pipe et relevant sa tête encore alourdie par l'orgie, s'écria :

— « Pourquoi n'irions-nous pas finir au dehors une nuit si bien commencée ? prendre d'assaut le palais du gouverneur et enlever ses nièces ? forcer le couvent de Sainte-Ursule, et arracher au cloître l'innocence et la beauté ? »

— « Pourquoi ?... »

— « C'est aujourd'hui la Toussaint, » interrompit Léopold ; « écoutez comme le vent souffle ! Ne dirait-on pas que le diable et toute sa séquelle ont quitté tout exprès leur repaire infernal pour venir faire ici leur partie au milieu des éléments déchaînés ? Quel horrible temps ! quelle tempête ! Et vous oseriez sortir par une nuit pareille ? C'est de la folie, vraiment ! »

Le capitaine haussa légèrement les épaules en souriant d'un air sardonique ; — puis, sans peine, en excitant tour à tour l'orgueil et la vanité de Léopold par des sarcasmes habilement et spirituellement lancés, il ne tarda pas à lever ses légers scrupules ; peut-être, aussi, ne demandait-il pas mieux que de se laisser convaincre !

— « Allons, accompagnez-moi chez la vieille Alice, » ajouta-t-il. « Elle est, dit-on, fort habile dans l'art de prédire l'avenir — d'ailleurs vous pourrez en juger. — Cela vous convient-il ? »

L'étudiant acquiesça d'un signe de tête, et, suivi du capitaine, il quitta la taverne.

Minuit sonnait.

Le ciel était sombre et sans étoiles ; de gros nuages noirs, qui couraient comme les vagues de la mer sous le souffle de la rafale, faisaient retentir l'atmosphère bouleversée de bruits stridents qui avaient toute l'apparence de l'horrible et du surnaturel...

Les vieilles maisons semblaient vaciller sur leur base ; les enseignes gémissaient en grinçant sur leurs gonds rouillés ; des débris de toutes sortes tombaient en éclatant dans les rues mornes et silencieuses...

Les chiens de garde hurlaient dans la nuit.

Rien n'était plus triste, et de nature à produire sur l'esprit nerveux de Léopold ce sentiment de profonde angoisse auquel, en pareil cas, certaines natures ne sauraient échapper.

L'étudiant n'avait pas tardé à en ressentir les effets, et, dans son for intérieur, il regrettait de s'être laissé entraîner dans une excursion qui n'avait pour but que d'assister vraisemblablement à quelque jonglerie de vieille femme.

Bientôt, cependant, réagissant contre le malaise qui l'avait d'abord envahi à son insu, il se retourna vers son compagnon impassible et lui dit :

— « Certes, ce n'est pas en vain que nous serons sortis par une nuit semblable ! et j'espère bien trouver, dans l'antre de la vieille sorcière, un heureux dédommagement à cette promenade nocturne et sans intérêt !.... Que le diable y tiennent sa cour ou non, je me sens d'humeur à ne pas laisser échapper les jeunes et jolies femmes qui, — si la chronique dit vrai, — viennent chaque nuit y chercher le mari de leurs rêves, dans le fameux miroir de la sorcière !... »

— « Bien dit, *orlande inna morato*, » répliqua le capitaine en riant : «c'est ainsi que j'aime à vous voir. » — Et hâtant le pas, en quelque minutes ils arrivèrent aux portes de la ville.

Le capitaine s'avança seul vers le factionnaire et lui dit quelques mots à l'oreille.

La porte fut ouverte, et les deux jeunes gens se trouvèrent bientôt en pleine campagne.

Après s'être orienté un instant, le capitaine, qui marchait en avant, fit signe à son compagnon d'avancer en lui montrant un étroit sentier dans lequel ils s'engagèrent.

Le vent avait cessé de souffler en tempête, l'horizon s'était légèrement éclairci.

La lune, en se dégageant lentement des nuages qui l'avaient voilée jusqu'alors, jetait ses pâles rayons sur la terre silencieuse.

Au loin, dans la lande stérile et déserte, une petite lumière indiquait la présence d'une habitation ; c'était celle où s'était un jour réfugiée la vieille Alice, plus particulièrement connue sous le nom de la Sorcière des Landes, et qu'elle n'avait jamais quittée depuis le jour, déjà loin, où elle était venue s'y installer sans bruit.

Elle paraissait avoir une soixantaine d'années, peut-être plus, peut-être moins, et avoir reçu une certaine instruction.

D'où venait-elle? on l'ignorait à Goëttingue, bien qu'elle fît beaucoup parler d'elle, à tort ou à raison.

A l'approche du soldat et de l'étudiant, les cris et les rires qu'on entendait distinctement dans le calme de la nuit cessèrent comme par enchantement ; la lumière s'éteignit et la maison resta ensevelie dans les ténèbres.

— « Voilà qui est bizarre! » fit Léopold; « il me

semble que nous arrivons trop tard, la fête est terminée. »

— « Bah! répliqua Schwaertzwell, » on la recommencera pour nous.» Et en disant ces mots, il frappait rudement à la porte du pommeau de son sabre.

Le silence continua à régner.

Le capitaine attendit un instant, puis, impatienté, frappa de nouveau, tandis que son chien aboyait avec force.

Alors seulement la porte s'ouvrit, et l'on put voir à la lueur douteuse d'une petite lampe qu'elle tenait à la main, la face parcheminée de la vieille Alice, dont les yeux astucieux et rusés semblaient demander compte aux visiteurs nocturnes du motif qui les amenait à une heure si avancée, et par une nuit pareille.

— « Eh! bonne femme, » s'écria Schaertzwell, « sont-ce les voleurs ou les lutins que vous craignez pour prendre tant de précautions avant de nous ouvrir ? »

— « Vous n'êtes pas seul, » murmura la vieille, sans répondre directement à la question posée; « là, derrière vous, il y a quelqu'un que je ne connais pas. »

— « Il est vrai. » C'est un gentilhomme de mes amis qui, poussé par une curiosité bien naturelle, désire vous voir ainsi que...

» Mais, morbleu ! » s'écria-t-il en s'interrompant, » pourquoi nous laisser exposés ainsi à ce froid glacial ? » Et en même temps, il pénétrait sans façon dans la masure, comme quelqu'un accoutumé à ne se gêner nulle part, et là moins qu'ailleurs.

Rien de plus misérable que l'intérieur de ce logement, que réchauffaient à peine quelques tisons brûlant lentement dans la vaste cheminée devant laquelle était couché un chat noir étique tout grelottant.

Au centre de la pièce enfumée et poussiéreuse, était une table sur laquelle on voyait encore les restes d'un maigre souper, et des bouteilles à moitié vides ; un vieux bahut vermoulu, deux ou trois chaises boiteuses, quelques livres noircis posés sur une étagère en bois blanc, des ustensiles divers, jetés pêle-mêle dans un coin près du foyer, composaient l'ameublement de cette première pièce.

Quant aux autres, s'il fallait en juger par celle-ci, elles devaient, à n'en pas douter, ne leur céder en rien sous le rapport du désordre et de la malpropreté.

— « Approchez, la mère », fit Schwartzwell, en jetant un coup d'œil rapide autour de lui. « Serions-nous, en effet, arrivés trop tard ? Nous le regretterions certainement, car mon ami avait le plus grand désir, en m'accompagnant ce soir, de trouver ici la société choisie qui, d'habitude, ne craint pas de venir, à la nuit, chercher dans votre miroir une réponse favorable à des aspirations secrètes... »

— « Eh ! quoi, par cette nuit ? » s'écria la vieille d'un air étonné.

— « Pourquoi pas ? » répondit le capitaine. « Serait-ce la première fois ? »

— « Il n'y a pas, dans Goëttingue, âme vivante, fille ou garçon, qui, par ce temps, et à cette heure, eût osé s'aventurer dans la lande, » répliqua la vieille Alice, en se signant, « même avec l'espoir de trouver demain : celle-là un mari, celui-ci la fiancée de ses rêves. »

— « Allons, allons, ma bonne dame, dit Léopold, qui jusqu'alors avait gardé le silence ; « de grâce, faites-nous connaître où vous avez caché ces jolis minois ? Je suis sûr d'avoir entendu parler tout à l'heure, et c'étaient des voix de femme, assurément. Voyons,

ma gentille sybille, ne vous faites pas prier ; car j'ai
juré de leur faire la cour, et, par l'enfer, je tiendrai
ma promesse, dussé-je pour cela m'adresser à votre
gracieuse et charmante personne. »

La vieille grimaça un sourire et secoua sa tête grise
en jurant ses grands dieux qu'il n'y avait qu'elle de
femme dans la maison.

— « Je vous crois, » fit Schwaertzwell ; mais, alors,
laissez-nous jeter un coup d'œil sur ce miroir dont on
dit tant de merveilles ; ce sera du moins une compensation que je vous sais incapable de refuser. »

La vieille murmura entre ses dents quelques mots
inintelligibles qui pouvaient passer pour un acquiesce-
ment tacite au désir exprimé d'un ton railleur par le
capitaine, et, tout en continuant à marmotter des paroles sans suite, tandis que son corps usé semblait
agité d'un léger tremblement qui s'accentuait de plus
en plus, elle se pencha sur le foyer, prit l'un après
l'autre les tisons qui ne jetaient plus qu'une lueur terne
et vacillante, les réunit en un petit monticule, les re-
couvrit de cendres et éteignit la lumière, de façon à
laisser cette pièce dans l'obscurité complète.

Cela fait, elle se dirigea lentement vers une porte
qu'elle ouvrit en laissant retomber derrière elle un
grand rideau noir.

Le silence le plus profond régnait en ce moment
dans la salle où se tenaient, immobiles, le capitaine et
l'étudiant.

Certes, Léopold était inaccessible à la crainte, mais,
en dépit de lui-même, il se sentait envahi par une
sorte de malaise et de vagues pressentiments...

Tout à coup, de l'autre côté du rideau, une voix se
fit entendre ; c'était celle de la vieille Alice.

— « Messieurs, disait cette voix, que l'un de vous

s'approche de ce rideau et m'interroge ; je suis prête à répondre. »

Léopold n'était pas fixé sur ce point. Il n'avait, d'ailleurs, qu'une confiance très limitée dans les connaissances surnaturelles de la vieille Alice, bien que sa réputation de sorcière eût conquis rapidement une grande popularité aux environs de Goëttingue, surtout parmi les jeunes filles de la ville, qui ne craignaient pas de venir parfois, incognito, la consulter.

Cependant, il restait indécis, les yeux sur le rideau qu'il regardait avec curiosité, lorsque Schwaertzwell, s'approchant à son tour, lui dit à l'oreille, avec le plus grand sang-froid :

— « Je voudrais bien voir la place où je dois être un jour enterré ! car, selon toute probabilité, lorsque je serai arrivé à cette dernière étape, il me sera fort difficile de la reconnaître ! »

— « Merci de l'idée, » fit Léopold ; et s'adressant d'une voix forte à la vieille Alice, dissimulée derrière le rideau noir, il s'écria : « Spectre ou fantôme ! montre-moi la place où chacun de nous ici-bas vient tour à tour laisser tomber avec lui ses dernières illusions, ses derniers rêves d'amour... »

Alors, on vit le rideau s'agiter un instant, puis se séparer lentement en deux parties égales, et, dans l'espace laissé libre, apparaître, sur un châssis de bois noir, un petit miroir de forme ovale, sur lequel une lumière invisible projetait une lueur pâle et indécise ; tandis que la chambre elle-même était plongée dans l'obscurité.

Léopold tenait ses regards fixés sur le miroir qui, à première vue, n'offrait rien de particulier ; mais, à peine quelques minutes s'étaient-elles écoulées, que sa surface brillante se teignit d'une légère couche de

9

vapeur qui l'enveloppa de toutes parts. Bientôt cette vapeur se dissipa peu à peu, comme la nuit, lorsqu'elle se colore des premiers feux du matin, à l'heure où le ciel, paré des couleurs de l'aube, sourit à l'approche du jour, et qu'à travers un brouillard blanchâtre apparaît la campagne aux contours incertains ; alors il put apercevoir une petite tache qui, d'abord imperceptible, se développa graduellement, mais n'offrait encore que du douteux et du vague, du confus, du capricieux et de l'indéfini... Puis il remarqua que les perspectives se reculaient, que les plans se détachaient et se caractérisaient de plus en plus.

Son étonnement ne fit que s'accroître en voyant l'aspect nouveau que prenait enfin cette étrange vision :

C'était un immense jardin entouré de ruines et de murailles aux crêtes moisies par le temps.

Des masses sombres, ressemblant à des ifs et à des cyprès, donnaient à cet enclos une apparence lugubre.

Plus de doute, c'était un cimetière.

De nombreuses pierres grises, surmontées pour la plupart de croix de bois, gisaient à moitié cachées sous une végétation libre, inculte.

Quelques colonnes brisées disparaissaient en partie sous le lierre, la ronce et le liseron bleu...

Au fond, se détachaient sur un ciel nuageux, tourmenté, les flèches élancées, dentelées, d'une petite chapelle, les arceaux d'un cloître abandonné...

Puis, à la toucher presque, tant l'illusion était complète, il aperçut une tombe en granit adossée à un trou béant, récemment creusé au pied d'un pan de mur que recouvraient en partie la clématite et le chèvrefeuille...

Il recule épouvanté, n'en pouvant croire ses yeux

qui se ferment malgré lui : sur une plaque de marbre
blanc, son nom est là, gravé en lettres d'or !...

Un froid mortel le saisit ; une sueur glacée baigne
son front que la pâleur envahit ; il chancelle éperdu
et vient s'affaisser, à moitié privé de sentiment, dans
les bras du capitaine qui l'emporte au dehors...

Cet incident s'était passé si rapidement, que la
vieille Alice ne s'en était pas aperçue ; et c'est d'une
voix lente et grave qu'elle prononça les paroles sui-
vantes, que Léopold devait toujours ignorer :

« *L'oracle a parlé, et, selon ton désir, tu as pu voir
aujourd'hui, pour la première fois, dans ce miroir,
l'image fidèle du lieu où ta dépouille mortelle doit un
jour reposer. Prends garde à « la troisième... »*

Il y eut un temps d'arrêt de quelques minutes et
alors la même voix, s'élevant de nouveau dans le
silence de la nuit, y jeta ces strophes pleines de tristesse et de sombre mélancolie :

> Regarde ce miroir, fantôme de ce monde !
> Vois ce crâne entr'ouvert, cette fosse profonde !...
> Où ne pénètre pas un rayon de soleil ;
> Là, tu t'endormiras d'un éternel sommeil...
>
> Livre ta blanche voile à la brise qui passe,
> Suis la noire hirondelle qui traverse l'espace ;
> Le flot, dans ses replis, cache le noir écueil,
> Et, sous l'herbe fleurie, se cache un blanc cercueil...

Rentré chez lui, Léopold se mit au lit avec le délire,
et fut en proie, pendant plusieurs jours, à une fièvre
qui faillit l'emporter.

Par degrés, cependant, il finit par recouvrer la santé ;
mais la tranquillité et le calme de son esprit semblaient pour longtemps l'avoir abandonné ; des cau-

chemars affreux hantaient ses nuits sans sommeil. Un poids lourd l'étouffait — une certaine appréhension de l'avenir, une tristesse sans nom l'accompagnaient sans qu'il pût s'en défendre, et l'empêchaient de se livrer désormais aux amusements de son âge qui, jadis, le rendaient si joyeux, si insouciant, et faisaient l'envie de ses compagnons d'études et de plaisirs.

Son courage, et personne n'eût certes osé le contester, ne pouvait être mis en doute, malgré les apparences ; mais les idées superstitieuses de l'époque, les contes noirs racontés le soir à la veillée, avaient imprimé, dès son jeune âge, et laissé, dans cet esprit naturellement enclin au merveilleux, les germes d'une éducation fausse qui, plus tard, en se développant à l'insu de lui-même, devaient porter sur son organisation impressionnable les fruits dont nous avons vu le résultat, chez la sorcière des Landes, pendant la nuit de la Toussaint... spectre envisagé actuellement par lui avec horreur, mais sans crainte.

Un an s'est écoulé.

Afin de dissiper, autant que possible, le malaise qui obsédait encore par instants son imagination inquiète, Léopold s'était décidé à prendre du service dans l'armée française. Le régiment où il s'engagea faisait alors sa première campagne en Italie.

Après avoir franchi rapidement les premiers échelons de la hiérarchie militaire, en prouvant qu'il était soldat dans toute l'acception de ce mot, il fut promu capitaine, et, sous ce nouveau grade, il fit toute la campagne.

Cependant, bien que n'ayant pas complètement chassé de son esprit les impressions funèbres que lui avait laissées la vue du miroir magique, néanmoins, elles ne s'y présentaient plus qu'affaiblies par un souvenir lointain, lorsqu'une circonstance toute fortuite vint les lui rappeler avec toute la force de la première réalité.

C'était par une magnifique matinée de printemps : le détachement qu'il commandait se rapprochait du lieu désigné pour y faire séjour ; la fatigue d'une marche longue et pénible n'avait pas rendu le jeune capitaine complètement insensible à la beauté du pays qu'il traversait.

La route accidentée, dans laquelle ce détachement était en ce moment engagé, serpentait à travers les montagnes qui s'élèvent au delà de Bergame, et le point culminant qu'il avait atteint, vers le soir, dominait une vaste étendue de terrains des plus fertiles.

Un splendide coucher de soleil d'automne répandait à profusion sur la plaine ses rayons dorés, faisant ressortir les couleurs riches et variées à l'infini du feuillage naissant des arbres verts et des cultures pleines de promesses pour l'avenir.

Un peu avant la nuit, le détachement arrivait devant le couvent de Santa-Croce, situé sur une petite hauteur commandant en entier le panorama merveilleux qui avait fait l'admiration du capitaine.

L'abbesse, prévenue la veille, avait tout préparé pour la réception des soldats qui trouvèrent, en arrivant, un repas substantiel dans un vaste bâtiment du couvent et un abri tranquille pour passer la nuit.

Quant aux officiers, elle en fit ses propres hôtes, les recevant dans un salon, où un souper simple, mais élégamment dressé, leur fut servi.

Au moment de quitter la table, un des officiers, séduit par la beauté de la soirée, manifesta le désir de faire une promenade dans le jardin du couvent, qu'on apercevait des fenêtres du salon, tout en s'excusant auprès de l'abbesse de cette proposition quelque peu indiscrète :

— « Il ne saurait y avoir aucune indiscrétion, » répondit la vieille dame en souriant.

Léopold lui offrit alors son bras, et tous les invités suivirent.

Ce jardin avait été dessiné avec un goût parfait ; les moindres accidents de terrain y avaient été habilement et savamment utilisés pour produire des effets merveilleusement combinés. Des arbres verts en grand nombre dissimulaient, sans nuire au coup d'œil, des autres plantations d'un autre genre, sinon aussi jolies par la forme, du moins tout aussi intéressantes, à l'époque où les fleurs roses ou d'une blancheur de neige devaient, après avoir brillé quelque temps, faire place aux fruits dorés des pays exotiques.

Des massifs de verdure, les fleurs les plus rares, avaient été plantés à profusion ; enfin, serpentant entre deux rives bordées de saules et de peupliers, un ruisseau à l'eau claire et limpide, où les rayons de la lune venaient se mirer, allait mourir dans un vaste bassin qu'animaient, pendant le jour, les joyeux ébats des cygnes et autres oiseaux aquatiques au plumage varié.

L'abbesse était, avec raison, justement fière de la beauté de ce jardin, qui, pour elle, parmi les choses permises, faisait sa plus grande joie ; aussi, les louanges flatteuses qui lui furent prodiguées avec enthousiasme par ses invités, pendant le cours de leur promenade à travers ce parc en miniature, devaient-elles être accueillies avec un vif sentiment d'orgueil et de plaisir, qu'elle ne parvenait pas entièrement à dissimuler.

Elle savoura, pendant un instant, en silence, cette

joie innocente pleine de charme, puis, s'arrêtant au moment où chacun se disposait à rentrer, elle s'écria : « Mais, j'y songe, il y a une autre partie de mon domaine qui, pour ne pas offrir un aspect aussi gai que ce jardin, mérite cependant, à un autre point de vue, qu'on la visite ; et par cette belle nuit étoilée, ce clair de lune magnifique, je me ferais scrupule, vraiment, de ne pas vous y conduire. Allons, messieurs, venez, ajouta-t-elle ; je vais vous montrer le cimetière du couvent... »

Un religieux silence accueillit les paroles de l'abbesse, qui, précédant de quelques pas ses hôtes, redevenus subitement sérieux et graves, pénétra, avec eux, dans cet asile de paix et de tranquillité...

A cette heure, la lune large et pâle inondait de ses rayons craintifs et vagues cette terre où les ifs et les cyprès, se balançant mollement dans l'air, laissaient échapper, de leurs sombres rameaux, la chanson de l'éternel sommeil!...

Quelques saules pleureurs frémissaient, sous l'haleine de la brise nocturne, au-dessus des colonnes brisées, élevées jadis à la mémoire des morts, et semblaient écarter de leur couche funèbre les noires visions!...

La nuit était calme et profonde, pleine de charme et de recueillement, de douceurs et de parfums infinis ; c'était une nuit à évoquer l'ombre de ceux dormant là, sous les froides pierres à demi cachées par le lierre terrestre qui déployait ses larges tentures d'un vert sombre.

Des piliers en marbre blanc et les arceaux d'un vieux cloître, que l'astre de la nuit éclairait féeriquement de ses reflets argentés en déclinant dans un ciel ruisselant d'étoiles, entouraient le cimetière de tous côtés.

A chaque instant, sous les pas discrets des visiteurs, apparaissaient, tantôt à moitié ensevelis dans l'ombre, tantôt fortement éclairés, des monuments de forme et d'aspect différents, taillés dans le granit. Ici des piliers gothiques, arcatures, obélisques portant des caractères en partie effacés; là, pans de murailles couronnés de verdure; marbres, cellules envahis par une végétation libre et sauvage.

Plus loin, escaliers aux marches rompues, décorées de campanules, de jusquiame; dalles à demi recouvertes de lichen et de mousse, et, par-dessus, formant le dôme, de magnifiques grappes d'acacias qui s'agitaient, comme des plumes, à l'air doux de la nuit.

Certes, l'abbesse ne s'était pas trop avancée; le cimetière de Santa-Croce valait bien, et au delà peut-être, la peine d'être visité...

Cependant Léopold, absorbé par les pensées graves que lui suggérait, malgré lui, le milieu où il se trouvait à cette heure, marchait lentement aux côtés de l'abbesse, en jetant de temps à autre, autour de lui, un regard empreint d'une certaine mélancolie, lorsque, au détour d'une allée que bordaient de hauts cyprès, il se trouva tout à coup en présence d'une petite chapelle, dont les flèches blanches, admirablement sculptées, se détachaient droites et fières dans le ciel étoilé, tandis que, sous la clarté de la lune, les magnifiques vitraux brillaient dans la nuit, comme autant de diamants.

Il s'arrêta frappé de stupeur — car c'était, à s'y méprendre, la reproduction exacte, de sinistre mémoire, de la funèbre vision aperçue autrefois à Goëttingue, chez la sorcière des Landes, — la vieille Alice!...

A ce tableau fidèle rien ne manque : la tombe est

là, devant lui... adossée à une muraille que recouvrent quelques branches de clématite, et qu'entourent de noirs cyprès...

Seul, le nom du mort ne figure pas sur la pierre grise :
Ci-gît...

C'est tout !...

Mais, c'en est trop pour Léopold, qui considère, avec un sentiment d'horreur involontaire qu'il ne peut maîtriser, l'affreuse réalité...

Son visage devient subitement pâle, et lui donne l'apparence d'un spectre ; son cœur bat avec force dans sa poitrine oppressée — il sent le froid l'envahir de toutes parts...

L'abbesse, en ce moment, le regardait par hasard ; elle s'aperçoit du changement extraordinaire qui vient de se produire chez le capitaine... elle s'en inquiète et lui dit

« Vous me paraissez indisposé ; peut-être avez-vous trop présumé de vos forces ; et d'ailleurs, l'air se refroidit. — Du reste, notre visite est terminée. Allons, messieurs, rentrons. »

Cette voix douce et sympathique rappela Léopold à lui-même ; — il eut honte de cette faiblesse, indigne d'un jeune homme, — d'un officier, — et, par un puissant effort de volonté, il réussit à faire disparaître toute trace d'émotion extérieure : « Vous avez raison, madame, je suis un peu souffrant ; cela tient sans doute à la fatigue d'une longue marche ; mais, avec un peu de repos, demain il n'y paraîtra plus rien. » Et, tout en souriant, il offrit de nouveau son bras à l'abbesse.

Quelques instants plus tard, chacun avait regagné la chambre qui lui avait été préparée pour la nuit, — et bientôt un silence complet semblait indiquer que tout le monde au couvent reposait...

Cependant, il n'en était pas ainsi : Léopold, encore sous l'impression de ce qu'il venait de voir, s'efforçait, mais en vain, de se livrer au sommeil. Devant ses yeux clos venait se dérouler, dans ses moindres détails, la scène du cimetière grossie outre mesure par l'imagination troublée du jeune homme qui essayait, sans y parvenir, de repousser de son cerveau surexcité les images fantastiques qui s'en étaient emparées : efforts impuissants! l'objet chassé revenait bientôt avec une force nouvelle, — avec une réalité plus effrayante encore, — il étouffait et se débattait contre tout un monde de fantômes qui l'enveloppaient de leur suaire en l'entraînant malgré lui au milieu des pierres, des fosses et des croix noires!...

La folie s'emparait du malheureux capitaine!...

Le jour, heureusement, commençait à poindre et teignait de ses premiers feux, là-bas, au loin, l'horizon grisâtre. Six heures sonnaient à l'horloge du couvent....

Léopold finit alors par secouer l'horrible cauchemar qui l'obsédait : se levant, il ouvrit la fenêtre et s'y appuya, tête nue...

Bientôt, la fraîcheur du matin, l'aspect merveilleux de la campagne, les premières heures du jour, opérèrent sur son organisation malade plus que tous les raisonnements qu'il eût pu faire, et ne tardèrent pas à lui rendre peu à peu le calme dont il avait besoin.

Et lorsque, plus tard, il descendit au salon, toutes les fatigues de sa cruelle insomnie avaient presque disparu; — seul, son visage conservait encore un reste de pâleur, une certaine lassitude qui, au bout d'un instant, se dissipa à son tour.

Son malaise subit fut attribué à une cause tout autre que la cause réelle : c'était un excès de fatigue, rien de plus...

Après le déjeuner que présidait l'abbesse, l'ordre du départ fut donné; les jeunes gens remercièrent la vieille dame de sa courtoisie en s'excusant sur le dérangement qu'on avait pu lui causer, et, lui ayant fait leurs adieux, officiers et soldats quittèrent le couvent de Santa-Croce.

Alors seulement, Léopold se sentit revivre : c'était un mauvais rêve — une circonstance fortuite, — une simple coïncidence assurément. « Bah ! n'y songeons plus.. » Et la marche, les conversations de ses camarades, la beauté des sites traversés, eurent bien vite contribué, à mesure qu'il s'éloignait, à lui rendre en partie sa gaieté d'autrefois.

Après avoir passé les Alpes, le détachement reçut l'ordre de rentrer en France.

Léopold, n'ayant pas été désigné pour l'accompagner dans la résidence assez triste où il devait tenir garnison jusqu'à la prochaine campagne, alla résider à Berne avec quelques autres officiers qui avaient obtenu, comme lui, un congé temporaire, en attendant le moment de rejoindre leur corps.

De toutes les villes de Suisse, Berne avait la réputation, prêtée à tort ou à raison, d'être la première sous le rapport des amusements qu'elle offrait aux étrangers ; — aussi Léopold se promettait-il d'en user largement, et d'y passer l'hiver aussi agréablement que possible.

Il habitait Berne depuis quelques semaines, quand un jour, étant entré dans une église où l'on célébrait une des grandes fêtes de l'année, il aperçut un certain nombre de jeunes filles qui passaient dans les bas-côtés, mettant à contribution, pour une œuvre pieuse, les fidèles qui remplissaient l'église.

Chacune d'elles se distinguait par ses charmes personnels, et il y avait, dans leur façon de demander, tant de modestie, de prière discrète et de grâce, que le jeune homme ne put s'empêcher d'en être frappé.

La plus âgée pouvait avoir dix-huit ans environ.

Parmi les jolies quêteuses, il y en avait une, entre autres, qui attira plus particulièrement l'attention de Léopold, — et dès lors, ses yeux en extase se fixèrent sur la jeune fille, sans pouvoir s'en détacher, — car elle surpassait en beauté toutes ses compagnes.

Dans ses grands yeux noirs, étincelait un doux rayon de lumière voilé d'un regard plein de mélancolie, comme jamais artiste n'en a su peindre dans ses plus remarquables chefs-d'œuvre.

Ses lèvres roses en avaient toute la couleur brillante.

Son sourire faisait ressortir l'ivoire de sa bouche mignonne.

Dans sa démarche, il y avait une dignité pleine d'éloquence, et ses moindres gestes semblaient être sous l'influence de cette grâce instinctive répandue dans toute sa personne.

Elle paraissait aussi bonne que belle. — La nature, prodigue à son égard, s'était surpassée en lui accordant ses dons les plus précieux : — elle avait créé la femme accomplie.

Léopold ne pouvait s'empêcher de l'admirer, tout en conservant la tenue respectueuse d'homme bien né.

Et lorsqu'elle eut quitté l'église, longtemps encore son regard, perdu dans l'espace, sembla y chercher la douce vision disparue...

Le jour suivant le retrouva aussi enthousiaste que la veille : bien plus, l'absence de l'idole ne fit qu'accroître le désir irrésistible de revoir la jolie quêteuse.

Tout en mettant la plus grande discrétion dans les recherches qu'il commença aussitôt à son sujet, il ne tarda pas à apprendre que l'objet de ses rêves appartenait à une très honorable famille de l'Italie, d'où son père avait été exilé à la suite d'événements politiques qui lui avaient été contraires.

C'est alors qu'il était venu avec sa fille unique, la belle Laura Baldini, habiter la Suisse, et avait choisi Berne pour résidence.

Nous croyons inutile d'insister ici sur les moyens employés par Léopold pour obtenir l'entrée de la maison ; — il nous suffira de dire que, peu de temps après cette rencontre, le mariage des deux jeunes gens avait été décidé.

Cependant, nous n'étonnerons pas nos lecteurs en rappelant que la première partie de l'existence de Léopold avait été des plus accidentées ; cela, sans doute, n'avait rien d'étonnant ; n'est-ce pas ainsi d'ailleurs, qu'agissent le plus souvent les jeunes gens livrés à eux-mêmes, quand, au printemps de la vie, ils ont reçu en partage : richesse, indépendance et un physique agréable ? — A ceux-là, les bonnes fortunes ne sauraient manquer, et, avouons-le, bien peu, dans ces conditions, les laisseraient échapper !...

Léopold avait donc usé, sinon abusé largement de sa jeunesse, sans y laisser pourtant son cœur qui n'avait été qu'effleuré.

Maintenant il aimait.

L'image de Laura Baldini avait chassé de son âme l'esprit — un rayon d'amour pur et chaste s'y était tout à coup glissé — une fleur s'y ouvrait, un oiseau y chantait...

. . . .

Quelques jours avant l'époque fixée pour le mariage

de Léopold avec sa chère Laura, tous deux assistaient à un grand bal que donnait le chargé d'affaires de Prusse à Berne.

A cette fête avaient été conviées toutes les notabilités de l'endroit, ainsi que les étrangers de distinction qui s'y trouvaient accidentellement.

Les salons, magnifiquement décorés, pouvaient à peine contenir les nombreux invités qui s'y pressaient en foule, et offraient un coup d'œil féerique.

Parmi les jeunes et jolies femmes qui brillaient au premier rang, Laura Baldini, surtout, se faisait remarquer entre toutes par son port de reine, sa beauté incomparable, que venait rehausser une toilette à la fois simple et de bon goût.

Quant à Léopold, il se rappela tout à coup que cette nuit était précisément l'anniversaire de celle qu'il avait passée autrefois, dans des conditions tout autres, chez la sorcière des Landes, aux environs de Gœttingue ; et, malgré lui, ce souvenir lointain, qu'il avait cru facilement oublier, s'offrait de nouveau à son esprit troublé, dans tous ses horribles détails, en lui imprimant un malaise indéfinissable et de sombres pressentiments qu'il s'efforçait en vain de repousser loin de lui avec colère...

Cependant il y parvint ; et bientôt, la présence de la femme aimée, qui semblait n'avoir d'yeux que pour lui, les sons mélodieux d'un orchestre entraînant, les danses pleines d'animation, contribuèrent à lui rendre enfin son calme habituel, momentanément troublé par une vision importune, et, alors, les heures commencèrent à s'enfuir rapides et délicieuses — rêve et réalité.

Tout à coup, une voix qu'il crut reconnaître résonna à ses oreilles et le fit tressaillir violemment.

Où l'avait-il entendue ?...

Il jeta un regard anxieux autour de lui, mais ne put d'abord rien découvrir au milieu des conversations diverses qui se mêlaient au bruit des instruments.

Et pourtant cette voix lui était familière, tout en le reportant à une époque éloignée.

Mais le sens des paroles échangées lui échappait complètement.

Il fit le tour du salon en se rapprochant lentement et avec précaution de l'endroit présumé d'où le son de cette voix paraissait provenir ; alors, droit devant lui, il remarqua, appuyé contre une des colonnes du salon, le comte Baldini engagé dans une conversation animée avec un homme de haute taille, dont il ne pouvait apercevoir le visage.

— « Êtes-vous bien sûr que ce soit lui ? » disait le comte.

— « Aussi certain que je le suis de ma propre existence », répliquait l'inconnu ; et, en même temps, il se retournait à demi...

La surprise de Léopold ne saurait se décrire ; et, à l'instant, tous ses riants projets d'avenir s'évanouirent en reconnaissant dans l'étranger le capitaine Schwaertzwell, son ancien compagnon de plaisirs à Goëttingue, qu'il n'avait plus revu depuis cette veille de Toussaint, commencée si gaiement entre étudiants et terminée d'une façon si lugubre, plus tard, chez la sorcière des Landes, Schwaertzwell ayant quitté brusquement la ville le lendemain, sans faire connaître à qui que ce soit les motifs de ce départ subit et mystérieux.

Quels rapports pouvait-il actuellement exister entre le comte Baldini et son interlocuteur ? A qui s'adressaient ces paroles énigmatiques ? Où et quand s'étaient-ils connus ?

Autant de questions laissées sans réponse.

Cependant, au moment où Léopold allait s'approcher d'eux, Schwaertzwel prenait congé du comte et disparaissait bientôt dans la foule.

S'était-il aperçu de sa présence ? Léopold l'ignorait. Il hésita pendant quelques minutes, indécis sur ce qu'il devait faire : le suivre ? il serait toujours temps de le retrouver ; il attendrait au lendemain, et alors...

Un geste violent termina la phrase commencée ; et, calme en apparence, il se dirigea vers le comte, qui tressaillit légèrement à son approche.

Léopold crut alors remarquer chez l'Italien une certaine froideur, une manière d'être à son égard qui ne lui étaient pas naturelles ; son sourire était contraint, embarrassé...

L'entretien qu'il venait d'avoir devait, à n'en pas douter, le concerner, mais dans quelle mesure ?

Il s'attendait à des questions ; mais le comte ne prononça que ces quelques mots : « La nuit s'avance ; je crois qu'il est temps de se retirer. Veuillez, je vous prie, aller prévenir ma fille ; je vais, de mon côté, faire avancer la voiture. »

Cela était dit d'un ton qui ne pouvait faire illusion à Léopold sur le changement qui venait de s'opérer brusquement dans les manières, d'ordinaire si bienveillantes et si cordiales, du père de sa fiancée ; certainement le capitaine Schwaertzwell ne devait pas être étranger à cette transformation subite et inexplicable ; mais dans quel but et pourquoi ?...

Léopold comprit qu'il fallait mettre au plus tôt un terme aux mauvais desseins que cet homme néfaste, envieux et jaloux, avait évidemment ourdis contre sa personne, s'il ne voulait pas se trouver plus tard exposé à des désagréments d'un autre genre, pour tomber enfin sous sa dépendance absolue.

En conséquence de la résolution qu'il venait de prendre, il songea tout d'abord à se mettre à la recherche de sa fiancée, puis à rejoindre son rival supposé ; car c'était en définitive à cette supposition, fondée ou non, que son esprit, torturé par le doute et l'inquiétude, venait de s'arrêter, en même temps que le rouge d'une colère sourde lui montait au visage à cette seule pensée.

Il lui fallait des explications catégoriques, et c'est à l'insolent personnage qui avait osé s'interposer entre lui et son bonheur qu'il allait les demander.

Il gagna le salon principal où il avait laissé peu de temps auparavant sa chère Laura, et la chercha des yeux.

Laura n'y était pas...

Il parcourut alors d'un pas fiévreux les autres salles, mais inutilement ; elles étaient à peu près vides, et la jeune fille ne s'y trouvait pas davantage...

Il s'enquit auprès des uns et des autres, mais ne recueillit aucun renseignement précis : on croyait cependant avoir vu tout à l'heure le père et la fille ensemble qui, après quelques mots échangés à voix basse, auraient ensuite quitté précipitamment le bal...

Léopold était des plus perplexes, et son émotion était à son comble ; toutefois, il essayait de se rassurer : sans doute, le comte, ne le voyant pas revenir, devait avoir perdu patience, et n'avait pas cru devoir l'attendre plus longtemps ; pourquoi se créer des chimères, alors que rien de positif ne l'inquiétait, sinon des lambeaux de phrases entendus par hasard qui, après tout, pouvaient s'adresser à tout autre que lui, et auxquels, raisonnablement, il avait grand tort d'attacher autant d'importance en se les appliquant ?...

— « Allons, demain j'irai voir le comte et m'excuser auprès de lui. »

Satisfait de ce côté, et une tranquillité d'esprit rela_ tive lui étant rendue, ils songea alors à retrouver le capitaine avec l'intention bien arrêtée d'agir avec lui selon les circonstances.

Il le rencontra dans le salon de jeu, au moment où, prenant son chapeau, il allait descendre dans la rue : il paraissait tout joyeux, et un sourire ironique, une sorte de satisfaction intime erraient sur son visage fatigué sur lequel se reflétaient la méchanceté froide, l'hypocrisie et la fausseté...

Léopold s'approcha de lui :

— « Un mot, monsieur, » — dit-il, en lui saisissant brusquement le bras. « Me reconnaissez-vous ? »

— « Comment vous aurais-je oublié! cher ami. Mais pourquoi cette question ? il est vrai que nous ne nous sommes pas vus depuis longtemps, et...

Léopold, sans s'arrêter aux paroles qui allaient suivre, reprit :

— « J'ai cru comprendre tout à l'heure, à certaines phrases prononcées par vous, que vous paraissiez vous occuper de ma personne. — A quel titre, je vous prie?»

— « J'ai en effet parlé de vous, — à quoi bon le nier ? — mais comme chacun peut en parler en l'occasion; n'est-ce pas ce qui se fait habituellement dans le monde ? Votre surprise a vraiment tout lieu de m'étonner ! »

— « Je ne puis me battre avec tout le monde, même en supposant que ce que vous dites soit vrai, — mais je puis, du moins, châtier votre insolence. »

— « Insolence! êtes-vous fou? et puisque vous paraissez tenir tant à connaître ce que je racontais au comte Baldini, — car la conversation que j'ai eue avec lui est, sans doute, le motif du trouble où je vous vois, et que je constate sans trop me l'expliquer, je vais vous satisfaire en vous répétant textuellement notre entretien : je lui faisais connaître, sans y attacher autrement d'importance, qu'il y a deux ans à pareille époque, vous vous trouviez chez la vieille Alice, bien connue à Goëttingue sous le nom « de la sorcière des Landes », et que là, vous vous étiez trouvé mêlé à certaines cérémonies qui vous rendaient peu propre à frayer désormais en compagnie de bons chrétiens. Rien n'était plus vrai, n'est-ce pas ? — et vous ne pouvez assurément m'en vouloir d'avoir prévenu le comte, avec lequel je suis très lié, d'un fait que vous ne sauriez démentir ; mais je ne vois pas dans tout cela de quoi excuser votre façon d'agir en ce moment à l'égard d'un ami... car nous l'étions autrefois, ce me semble... »

— « Menteur et infâme ! — En garde ! »

— « Ah ! un instant. — Vous êtes décidément peu poli et trop pressé, et, entre gens du même monde, on y met des formes, que diable ! — Rien d'ailleurs de plus facile que d'arranger cette affaire qui vous rend de si méchante humeur, et si des...

— « Je ne suis pas votre dupe, — fit Léopold en l'interrompant ; « ou du moins je ne le suis plus. — Un de nous est de trop. — Allons, trêve de paroles inutiles, — défendez-vous. »

Tout en parlant de la sorte, ils étaient arrivés à l'extrémité de la rue à peine éclairée par la lumière blafarde d'un réverbère luttant avec celle du jour naissant. — Alors Léopold, tirant son épée, se mit à attaquer Schwaertzwell avec fureur.

Celui-ci l'avait imité, mais demeurait impassible sous les coups qui lui étaient portés. — Il conservait son calme habituel et son air sardonique, — tout en parant avec le plus grand sang-froid, — comme s'il eût ferraillé sous le masque, et cherchant par des paroles blessantes, — par un rire insultant, auxquels se mêlait le cliquetis sinistre du fer, à jeter hors de lui son adversaire dont la surexcitation était extrême :

— « Et croyez-vous pouvoir m'échapper, après m'avoir insulté de la sorte ? pouvez-vous supposer que je vous laisse épouser la belle Laura ?...

» Vous avez réellement fait des progrès en escrime ! tous mes compliments. — Vous avez aussi gagné sous d'autres rapports : au point de vue religieux, par exemple ; vous qui avez si souvent outragé le ciel et la terre par vos blasphèmes !

» Allons, vous finirez — si Dieu vous prête vie, — par devenir un jeune homme parfait ! Encore une fois, laissez-moi vous adresser mes bien sincères félicitations.... »

Léopold écumait de rage.

Tout à coup, l'épée de Schwaertzwell lui échappa des mains, et alla tomber à quelques pas... il se vit perdu... Déjà l'arme de son adversaire allait l'atteindre en pleine poitrine, lorsque, avec la rapidité de l'éclair, prenant sous son habit un pistolet qu'il avait adroitement dissimulé à tout hasard, le capitaine, qui avait repris tout son sang-froid, le déchargea à bout portant sur Léopold qui tomba à la renverse.

Alors Schwaertzwell, jetant un éclat de rire diabolique, s'éloigna rapidement, sans daigner regarder une dernière fois sa victime.

Quelques instants plus tard, attirées par le bruit du coup de feu, deux ou trois personnes accouraient et relevaient le malheureux Léopold évanoui, et dont le gilet blanc était maculé de taches rouges...

On le transporta avec les plus grands ménagements à son hôtel, où un médecin prévenu en toute hâte se rendit aussitôt.

La blessure heureusement n'était pas mortelle; l'un des poumons n'avait été qu'effleuré.

Tout faisait espérer qu'après un mois de soins et un repos absolu, il serait remis sur pied ; — toutefois, il y aurait encore à prendre certaines précautions afin d'éviter au convalescent toute émotion un peu forte qui autrement pourrait avoir des suites dont le résultat serait difficile à prévoir et dont le médecin tenait à dégager sa responsabilité.

Quant à Schwaertzwell, on ne put, malgré toutes les recherches, découvrir ses traces, et son crime devait rester impuni !

. . . .

La première pensée de Léopold, deux mois après les événements que nous venons de raconter, fut de retrouver la retraite de sa chère Laura, victime sans doute de quelque machination infernale à sa sortie, le soir du bal. Et, pour y parvenir, rien ne devait lui coûter. Il donna sa démission d'officier, et, libre de sa personne, ayant une fortune indépendante, il commença ses recherches sans perdre un instant.

Bientôt il apprit que le matin de son duel, le comte Baldini avait été vu dans une chaise de poste, quittant Berne avec sa fille pour une destination inconnue.

La cause de cette fuite était restée absolument secrète.

Le lieu vers lequel le comte Baldini s'était dirigé restait inconnu.

Léopold ne pouvait se faire illusion ; les infâmes

calomnies tenues sur son compte par Schwaertzwell n'étaient certes pas étrangères à la détermination du comte, parti sans avoir daigné même entendre le coupable supposé... frappant également et sa fille et son fiancé.

Léopold était atterré...

Mais où avait-il conduit sa chère Laura ? Dans quelque couvent, sans doute... Lequel? Ils sont nombreux en Italie. N'importe, il saurait découvrir le lieu de sa retraite, dût-il pour cela les visiter tous.

Il traversa les Alpes, sans souci d'un itinéraire arrêté à l'avance, allant au hasard.

. . . .

Un soir d'été, alors que la nuit commençait à tomber, Léopold crut remarquer que son domestique s'était trompé de route, en essayant de couper au plus court, et qu'il ne savait plus où il était. Personnellement, il n'y attachait qu'une médiocre importance; mais le retard apporté à cette heure pouvait avoir d'autres conséquences, surtout pour le cheval, qui, fatigué par une longue course, ne pouvait plus avancer.

Heureusement qu'il aperçut, non loin, un paysan qui, sa journée finie, regagnait tranquillement son village.

Léopold l'appela et lui expliqua l'embarras où il se trouvait ; le paysan lui apprit alors que tout près de là il y avait une auberge où il pourrait passer la nuit, à moins qu'il préférât aller demander l'hospitalité au couvent voisin, où il serait certainement accueilli sans difficulté.

Léopold remercia l'obligeant villageois, tout en lui glissant dans la main quelques pièces de monnaie, et bientôt on arrivait à la porte de l'auberge, dont l'apparence extérieure n'offrait rien de bien engageant.

Léopold y laissa-néanmoins voiture et cheval sous la garde de son domestique, et, seul, se dirigea vers le couvent qui, en effet, se trouvait peu éloigné, et où, quelques instants plus tard, il se présentait.

On le fit entrer au parloir, en le priant d'attendre l'arrivée de l'abbesse, qui parut bientôt. C'était une femme d'un certain âge, au visage austère et bienveillant, qui le reçut avec la plus exquise politesse.

Dans l'intervalle, Léopold avait eu le temps d'examiner la pièce où il avait été introduit ; il lui sembla que ce n'était pas la première fois qu'il la voyait...

Alors, le souvenir de Santa-Croce lui revint subitement à la mémoire.

Mais l'abbesse ne ressemblait nullement à la vieille dame qui, à cette époque, lui avait accordé une si gracieuse hospitalité, et puis, le couvent de Santa-Croce était-il bien situé dans ces parages ? Il hésitait à le croire, tout cela flottait vaguement dans son esprit troublé.

Cependant, le plan général du bâtiment paraissait répondre exactement à celui où il avait séjourné jadis avec ses hommes, lors de son retour en France, en revenant d'Italie.

Assurément, il ne devait pas se tromper dans ses conjectures : le hasard le ramenait à Santa-Croce !...

Il s'inclina avec respect devant l'abbesse, et lui apprit que, s'étant égaré, il avait espéré, en venant frapper à la porte de cette maison hospitalière, qu'on voudrait bien lui donner un asile pour la nuit :

— « Vous êtes le bienvenu », répondit l'abbesse ; « vous pouvez y demeurer autant que cela vous fera plaisir, et dans un instant on va vous conduire à la chambre qui vous est destinée. »

Elle allait, après ces mots, se retirer, lorsque Léopold, qui s'était empressé de la remercier, ajouta :

— « Madame, veuillez, je vous prie, m'excuser si les questions que je vais vous adresser vous semblent de nature à froisser quelque peu votre susceptibilité, ce dont je serais désolé ; mais elles ont pour moi une importance très grande que vous comprendrez, lorsque vous saurez les motifs du voyage que j'ai entrepris. »

Et alors, il lui raconta mais brièvement ce que le lecteur connaît déjà : c'est-à-dire la disparition de sa fiancée le soir du bal, et la conviction où il était que le comte Baldini avait dû enfermer sa fille dans un couvent.

Qu'y avait-il de vrai dans cette supposition ? Rien peut-être ; mais ses pressentiments lui disaient que là était celle qui faisait l'objet de ses recherches ; car, s'il s'en rapportait à ses souvenirs, c'était bien le couvent de Santa-Croce où il se trouvait en ce moment ; et, le comte possédant quelques propriétés aux environs, il était donc tout naturel qu'il eût amené ici plutôt qu'ailleurs sa fille Laura.

— « Vous êtes, en effet, dans le couvent de Santa-Croce ; mais je puis vous affirmer, » répondit l'abbesse d'un ton calme et froid, « que la jeune fille dont il s'agit n'y est pas... »

— « Je vous en prie, madame, par tout ce que vous avez de plus sacré en ce monde, » reprit Léopold, tandis que son visage reflétait l'émotion anxieuse qui l'agitait, « ne vous jouez pas de ma douleur, de mes tourments ; ayez pitié de mon désespoir : tout me dit qu'elle est ici. De grâce, ne détruisez pas cette espérance ; rendez-moi la vie prête à me quitter, et je n'aurai pas assez de mon existence pour vous bénir... »

— « Mon fils, » répondit l'abbesse qui, malgré elle, se sentait prise de compassion en présence de cette douleur vraie dont elle comprenait toute la violence, « il n'est plus en mon pouvoir de vous réunir à celle que vous pleurez...; calmez cette émotion, et armez-vous de la patience du chrétien, pour supporter en homme les maux qui sont ici-bas notre lot à tous. »

— « Est-elle dans ce couvent ? » interrompit Léopold avec impatience.

— « Non, mon fils, elle n'y est pas. »

— « Mais elle y était? »

— « Je ne saurais vous le cacher plus longtemps. »

— « Alors, qu'est-elle devenue? »

— « Elle est partie... »

— « Où, et à quelle époque? Je veux le savoir, et rien ne me coûtera pour aller la rejoindre... pour retrouver ses traces... »

— « Encore une fois, calmez-vous, mon fils, et souvenez-vous que c'est par la douleur et les souffrances que nous pouvons seulement espérer d'obtenir un jour la récompense que Dieu promet au ciel à ses élus. A mon tour, je vous en prie, modérez ce langage qui n'est pas celui d'un homme fort et courageux, et jurez-moi d'écouter sans faiblir, et de supporter de même, ce que j'ai à vous apprendre : c'est pour moi une triste mission et Dieu m'est témoin que j'eusse été heureuse de vous épargner la douleur que je vais involontairement vous causer, alors que j'ai fait tout mon possible pour vous laisser l'espérance, cette suprême consolation des affligés. » Et en parlant ainsi, l'abbesse pouvait à peine dissimuler l'émotion qui la gagnait à son insu et faisait trembler sa voix; car elle avait été jeune aussi, avait souffert autrefois, et savait compatir aujourd'hui à toutes les douleurs humaines.

Léopold crut remarquer dans ces dernières paroles une telle solennité qu'il en fut frappé, sans trop savoir pourquoi.

En effet, c'était enfin avec joie qu'il avait vu ses recherches couronnées de succès ; car, plus de doute, sa chère Laura était retrouvée... Ce couvent abritait l'objet de ses amours ; mais à cette joie se mêlaient maintenant de nouvelles craintes qu'il venait seulement d'entrevoir, et il commençait à redouter un malheur inconnu, quelque grave accident peut-être, qu'on tenait à lui tenir secret, du moins le plus longtemps possible.

Et cette idée, ce doute affreux, étaient pour ses espérances plus terribles encore que ne l'avait été la fuite elle-même de sa bien-aimée.

En ce moment, la brise du soir apportait les sons argentins de la cloche de la chapelle...

L'abbesse tressaillit : « Excusez-moi, mon fils, » dit-elle, en se levant précipitamment : « on m'appelle et Dieu ne doit pas attendre... Allez vous reposer, je prierai pour vous et pour elle... »

Alors, d'un pas lent et grave, elle quitta le parloir, répondant par un léger signe de tête au salut à la fois triste et respectueux de Léopold, qui la regarda s'éloigner sans prononcer un mot, morne, accablé sous le poids des plus sombres pressentiments.

Le reste de la nuit se passa pour lui sans sommeil.

Le lendemain, il descendit au salon où déjà l'abbesse l'avait précédé.

L'abbesse jeta sur lui un long regard empreint de douceur et de tristesse, puis, lui indiquant d'un geste un siège à ses côtés, elle se recueillit un instant et prit enfin la parole :

— « Mon fils, vous avez l'âge des illusions dorées ;
hélas ! qui de nous n'a pas eu les siennes ?

» Elles sont terrestres, et comme le jour qui précède
la nuit, elles ont aussi des alternatives de lumière
et de ténèbres.

» Mon fils, les voies de la Providence sont mul-
tiples et impénétrables ; et quels que soient les coups
qui viennent parfois nous frapper en son nom, nous
devons, croyez-moi, nous incliner et les accepter sans
nous plaindre,

» La mort n'est qu'un mot, un fantôme, qui n'existe
que dans notre imagination, et qui, en réalité, ne
saurait exister... C'est une séparation, il est vrai quelquefois cruelle, mais que l'homme fort doit envisager
sans crainte, sans regret, car, au delà, dans le ciel
bleu, c'est la vie éternelle, le bonheur sans nuage qui
l'attend.

» Allons, mon fils, du courage ! Notre sœur, votre
belle fiancée, plus heureuse que ceux qui la pleurent,
est à tout jamais dégagée des peines de ce monde, et a
déjà reçu là-haut la récompense due à ses vertus.
Priez, mon fils : notre sœur bien-aimée est morte... »

. . . .

Jusqu'alors, Léopold avait écouté les exhortations
de l'abbesse en silence, avec l'immobilité d'une statue ;
mais aux derniers mots, à l'annonce de cette nouvelle
foudroyante, il sembla se réveiller en sursaut : son
visage se décomposa subitement et prit la pâleur du
spectre.

Mais bientôt, faisant un violent effort sur lui-même,
il réussit, d'une voix étranglée, à prononcer en hésitant ces quelques mots :

— « Depuis quand est-elle... morte ? »

— « Il y a cinq jours, » répondit l'abbesse presque

aussi pâle que lui, « et hier seulement nous l'avons conduite à sa dernière demeure. »

. . . .

Léopold poussa un profond soupir.

« Le démon triomphe, ajouta-t-il d'une voix sourde; le dernier coup est porté... il est inutile de lutter avec lui... »

Puis, fixant ses yeux sur l'abbesse, il reprit : « De grâce, madame, conduisez-moi sur sa tombe. »

— « Qu'il soit fait selon votre désir; venez, mon fils. » Et l'abbesse, suivie de Léopold qui chancelait à chaque pas, se dirigea lentement vers le cimetière du couvent.

. . . .

Le soleil brillait du plus vif éclat, et répandait à flots sur la terre ses rayons d'or.

Sous ses baisers de feu, la nature s'éveillait.

Les oiseaux voltigeaient d'arbre en arbre, de branche en branche, en chantant; ou, paresseusement étendus sur les pierres blanches, sommeillaient à l'ombre des hauts cyprès.

Les papillons aux mille couleurs allaient butinant de fleur en fleur... les insectes bourdonnaient joyeux dans ce jardin des morts, alors que sous la terre fleurie dormaient dans la nuit noire, et pour toujours, les vierges du couvent...

. . . .

— « Voici, dit l'abbesse en s'arrêtant et baissant la voix, la place où repose celle que vous avez aimée et qui était ici-bas, dans cette vallée de larmes, la personnification de la beauté et de la vertu. »

Léopold fixa les yeux sur la terre fraîchement remuée qui disparaissait en partie sous un amas de fleurs que des mains pieuses y avaient laissé tomber.

Un sanglot, à défaut de paroles, fut sa seule réponse, et alors, jetant autour de lui un regard terne et mélancolique, il aperçoit le cadre déjà entrevu chez la sorcière des Landes et où il se retrouve encore pour la troisième fois : rien n'est changé dans ce tableau : là, devant lui, près du mur qu'enveloppe la clématite, est la tombe mystérieuse... sans nom... au loin le cloître avec ses colonnes blanches qu'éclairaient jadis les pâles rayons de la lune, et, se croisant en tous sens, les allées que bordent les cyprès aux teintes sombres.

C'est le cimetière de Santa-Croce !...

Il se penche encore sur la fosse, lève les yeux vers le ciel d'azur, puis tout à coup étendant le bras vers un point invisible, il balbutie : « Là... ce miroir !... la Sorcière?... Ah !... » et tombe à la renverse...

Léopold von Desterreich était mort.

. . . .

LE PORTRAIT

Je n'étais encore qu'un tout jeune homme, quand, pour la première fois, j'allai passer quelques années en Italie.

L'Italie, le jardin de l'Europe, la patrie des Beaux-Arts.

Je visitai tous ces lieux fameux dans l'histoire, et fréquentai les ateliers des meilleurs peintres et sculpteurs.

Au cours de ce voyage, je fis la connaissance de Rinaldi, artiste de grand talent et d'un esprit des plus distingués; et bientôt cette liaison se transforma en une vive et sincère amitié, de part et d'autre. La plus grande partie de mes journées se passa alors dans ses ateliers, à Rome, et c'est avec une extrême sollicitude que je surveillais les progrès de ses tableaux, lui, écoutant avec plaisir, et non sans profit, — je le crois — les conseils désintéressés que je lui donnais de temps à autre.

Les moines de « Monte-Cassino » lui avaient commandé un grand tableau qui devait représenter « l'Annonciation », et, comme le [prix fixé à l'avance était des plus rémunérateurs, — pourvu que cette toile fût livrée dans un temps déterminé — Rinaldi y travaillait presque sans interruption.

Personne n'ignore qu'à Rome, les ateliers de peinture sont fréquentés par la plupart des voyageurs, et que beaucoup d'entre eux n'y viennent que pour se distraire de leurs ennuis ; ils affectent d'être connaisseurs, lorsque leur profonde ignorance des arts les rend incapables d'être au niveau même de l'amateur le plus modeste.

Les dérangements que le pauvre Rinaldi avait à subir étaient nombreux ; mais rares étaient les commandes des visiteurs qui, en retour, n'épargnaient pas leurs avis ; et je l'ai vu, de désespoir, jeter à terre son pinceau, après avoir écouté les opinions contradictoires de ses conseillers : l'un trouvant que son coloris était trop vif, un autre qu'il manquait de force ; tous ne s'accordant que sur un point, à savoir, qu'il avait encore beaucoup à apprendre.

Un jour que je me trouvais seul avec lui dans son atelier, quelques jeunes gens de sa connaissance vinrent le voir, admirant et critiquant alternativement les œuvres de mon ami, c'est-à-dire, que le petit mot si déplaisant « mais » accompagnait invariablement leurs éloges.

Cette visite, naturellement, ne rapporta aucun profit à l'artiste, si ce n'est qu'elle contribua, une fois de plus, à exercer sa patience.

Ils quittèrent enfin l'atelier. Après les avoir reconduits jusqu'à la porte, nous revenions sur nos pas, tout en causant, lorsque, à sa grande surprise, Rinaldi, en se retournant, aperçut tout à coup un inconnu d'une cinquantaine d'années environ, assis immobile devant un chevalet placé à l'écart dans l'atelier : ses yeux pleins de larmes était fixés sur le tableau que Rinaldi avait presque terminé.

Pendant un certain temps, il ne parut pas s'apercevoir de notre présence; mais, à la fin, poussant un profond soupir, il se retourna vers nous, et, s'adressant plus particulièrement à mon ami, il s'écria :

— « Il me faut ce tableau ; quel en est le prix ? »

Rinaldi, surpris, lui fit observer que c'était une commande, et s'offrit à lui en faire une copie.

— « Non, » répliqua l'inconnu, — « c'est l'original qu'il me faut. » — Et, tout en parlant, il se mit à frapper du pied avec colère.

— « Soit, reprit Rinaldi. Revenez demain ; d'ici là, je réfléchirai. »

C'était, pour mon ami, le seul moyen de se débarrasser de l'étranger qui se calma presque aussitôt : il s'inclina alors poliment devant lui, se dirigea ensuite vers la porte, revint encore sur ses pas, contempla de nouveau le tableau, soupira, les yeux remplis de larmes, prit enfin la main de Rinaldi qu'il serra avec force et, sans ajouter un mot, se retira tout à fait.

Comme on peut le croire, nous discutâmes toute la soirée sur cet étrange incident, nous demandant, sans pouvoir y répondre, à quel mobile obéissait l'inconnu en contemplant ce tableau.

Alors, c'était un fou !... supposition charitable à laquelle nous finîmes par nous arrêter, et qui est généralement la conclusion qu'on tire de ceux qui ont un sentiment plus élevé que le nôtre, ou qui le montrent plus clairement que le reste de l'humanité.

Rinaldi pensait que, selon toute probabilité, il n'entendrait plus parler du personnage, et il s'en applaudissait à l'avance, lorsque, le lendemain, il se présenta de nouveau, revint les jours suivants, et cela pendant toute la semaine, restant plusieurs heures dans l'atelier, au grand désespoir de mon ami.

Puis, un jour, il lui dit :

— « Voilà enfin cette peinture terminée ; j'en suis content, et je l'enverrai prendre demain. Je suis le comte Giulio Leoni. »

C'était son bien, sa chose ; il ne semblait y avoir aucun doute à cet égard dans son esprit, et comme Rinaldi hésitait à répondre, ne sachant à quel parti s'arrêter, déjà le comte Leoni avait quitté l'atelier.

Le jour suivant, des domestiques vinrent, de sa part, et, mettant dans la main de Rinaldi une bourse contenant presque le double de la somme qu'il devait recevoir des moines de Monte-Cassino, emportèrent le tableau.

Mon ami en refit un autre pour le couvent, et, en travaillant avec une ardeur sans égale, parvint à le finir pour l'époque convenue.

Mais, bien que la copie fût irréprochable, on ne pouvait la comparer, néanmoins, à l'original qu'avait acheté le comte Leoni.

Peu de temps après, je quittai Rome, et restai près d'une année sans revoir mon ami.

A mon retour dans la Ville Eternelle, ma première visite fut pour Rinaldi, et, à mon grand étonnement, en entrant dans son atelier, je vis le tableau vendu jadis au comte Leoni.

Après avoir échangé une cordiale poignée de main avec Rinaldi, et adressé les compliments d'usage en pareille circonstance, je lui demandai comment ce tableau se trouvait en sa possession.

Rinaldi me tendit alors un petit paquet en me disant :

« Lisez ceci, et vous saurez tout : le comte Leoni est

mort, et, dans ce paquet, sont ses dernières volontés que je suis chargé d'exécuter. »

Je pris un siège et je lus ce qui suit :

.... « Je ne l'oublierai jamais; même aujourd'hui, il me semble encore la voir dans tout l'éclat de son éblouissante beauté, avec ses admirables cheveux blonds qui se jouaient sur son front d'albâtre, tandis que ses yeux voilés par de longs cils brillaient comme des étoiles.

» Oh! ces yeux, qu'ils étaient beaux dans leur bleu sombre, — cette teinte que l'on perçoit dans les cieux, par une nuit d'été, et que nous contemplons sans jamais nous lasser !

» Andréa, mon saint amour, tu étais belle, trop belle pour la terre sur laquelle tu n'as rien laissé d'aussi digne d'être aimé!

» Oh! non, je ne saurais jamais t'oublier!

» Je l'aimais, — je l'aimais avec passion — j'étais jaloux de son moindre regard, même d'un mot adressé à un autre.

» Un jour, un enfant vint à tomber et se coupa sa petite main rose; elle le releva, s'assit sur le gazon avec l'enfant sur ses genoux, l'embrassant et essayant de le consoler.

» Qu'on juge de la folle passion que j'éprouvais pour elle, en m'avouant que je haïssais cet enfant !...

» Mais, à dire vrai, c'est que j'enviais jusqu'au Zéphir qui caressait de son souffle léger ses joues et faisait onduler ses boucles soyeuses et brillantes !

» A quelque temps de là, je lui fus présenté, et mes vœux les plus chers étaient ainsi en partie réalisés.

» Pendant bien des jours, j'avais recherché cette occasion si désirée, et, maintenant que je l'avais atteinte, je n'osais plus parler... mes regards fixés sur elle étaient si ardents, qu'elle rougissait à en pleurer presque.

Cependant il n'y avait rien de la colère dans la timidité avec laquelle elle essayait de se dérober à mon admiration par trop passionnée ; bientôt je crus m'apercevoir que mes attentions incessantes avaient été remarquées ; que je n'étais plus tout à fait un inconnu pour elle, et qu'elle m'avait enfin distingué des autres jeunes gens qui l'entouraient ; et son sourire me rendit heureux.

» Andréa vivait avec sa tante, la marquise Grimani, qui n'était pas une femme mauvaise au fond, mais qui, hélas ! était d'un caractère faible, vain et insouciant : elle se mettait elle-même au nombre et au rang des adorateurs d'Andréa ; et pourquoi ne pas l'avouer ? elle apprenait à l'idole de mon cœur à taxer leur adoration ! et Andréa devint coquette...

» Quand, parfois, je lui reprochais ce qui, pour moi, était plus que de la faiblesse, elle tournait alors ses grands yeux pleins d'éloquence de mon côté, et murmurait tout bas :

» — Je veux plaire à tous, mais je n'en aime qu'un seul »

» Un soir, au palais Mozzy où il y avait concert, je m'étais en vain efforcé de m'approcher d'elle : elle semblait accaparée par le comte Adolphe de Visconti.

» La rage et la jalousie me possédaient : j'étais hors de moi. Au moment où elle allait s'éloigner avec sa tante, je me précipitai au-devant d'elle pour la conduire à sa voiture.

» Elle s'inclina froidement, à ce que je crus remarquer, et, passant devant moi sans s'arrêter, elle plaça son bras sur celui du comte, qui se mit à sourire triomphalement en me regardant...

» J'étais piqué au vif, et m'élançai au dehors après
eux, déterminé à demander raison à mon rival de ce
sourire qui m'avait affolé ; mais je ne pus atteindre la
porte que juste à temps pour la voir monter dans la
voiture qui s'éloigna aussitôt.

» Je rentrai chez moi dans un état impossible à
décrire ; je frappai du pied, je m'arrachai les cheveux.

» Je délirais comme un fou.

» Mon domestique qui écoutait à la porte — il me l'a
avoué depuis — pensait que j'avais perdu la raison,
et, en cela, il n'avait pas tort. Effrayé, il entra et me
trouva avec une fièvre ardente.

» On fit appeler le médecin ; mais, pendant plusieurs
jours, il hésita à se prononcer.

» Deux semaines durant le délire ne me quitta pas.
Pourquoi, oh ! pourquoi ? la mort ne me prit-elle pas ?
Quels tourments et quelles souffrances ne m'eût-elle
pas épargnés !...

» Cependant, depuis cette fatale soirée, il s'écoula
un mois avant que j'eusse pu recouvrer des forces suffi-
santes pour pouvoir, sans danger, m'aventurer dehors.

» Ma première visite fut pour la maison de la marquise. Je me dirigeai vers le boudoir d'Andréa, le
cœur me battant avec une telle violence que je fus
obligé de m'arrêter un instant pour recouvrer mon
calme avant d'entrer...

» Elle était étendue sur un lit de repos, près d'une
fenêtre. Et jamais, alors, elle ne me parut plus belle
— bien que son visage fût plus pâle qu'autrefois.

» Ses yeux, ses yeux célestes ! étaient remplis de
larmes qui venaient, en tombant lentement sur ce visage attristé, ajouter un charme de plus à la douleur
qu'elle semblait éprouver.

» Je lui parlai; mais, au son de ma voix, elle tres-saillit violemment, et se leva effrayée...

» J'essayai de lui prendre la main, mais elle la retira avec terreur, en poussant un cri ! Puis, avec effort, recouvrant son sang-froid : « Comte Léoni, me dit-elle, partez; vous m'insultez par votre présence. »

» Ses lèvres roses avaient pâli par la colère, et s'étaient crispées ; mais ses yeux étaient encore humi-des : « Andréa, ma bien-aimée ! chère adorée ! m'écriai-je, qui vous a changée ainsi ?

» Depuis cette fatale soirée, je n'ai plus quitté ma chambre; j'ai été sur le point de mourir, et plût au Ciel que cela fût arrivé, puisque c'est ainsi que vous me recevez! »

— » Malade ! mourant ! qu'entends-je? fit Andréa en se rapprochant. On m'avait dit que vous m'a-viez abandonnée pour Lauretta, une danseuse de l'Opéra .. »

» La vérité commençait à se faire jour dans mon esprit ; mon cousin avait, en effet, contracté une liai-son honteuse avec la fille dont elle parlait, et il por-tait aussi, comme moi, le nom de Leoni...

» Je m'empressai de détromper mon Andréa, et je lui pris la main, en lui adressant les plus tendres pro-testations d'amour.

» Cette main, elle ne la retira que lorsque, tout à coup, la porte s'ouvrit, et sur le seuil apparut le comte de Visconti!...

» Ses yeux lançaient des éclairs.

.   .   .   .

» J'affrontai son regard, le foudroyant du mien, mais sans abandonner la main d'Andréa, qui, devenue aussi pâle que la mort, se laissa tomber sur le divan en s'écriant : « Mon mari!... »

» Andréa était, en effet, mariée, et, moi, je n'avais plus rien à aimer en ce monde. — J'étais malheureux pour la vie.

» Sans prononcer une parole, le comte entraîna sa femme hors de l'appartement, et, quant à moi, rendu fou par tant d'émotions diverses, je quittai à mon tour précipitamment cette maison où venaient de sombrer mes plus chères illusions.

» Arrivé chez moi, j'essayai de me disculper encore en lui écrivant, et en lui demandant une explication — — comme si nos explications mutuelles avaient pu, qu'elles qu'elles fussent, nous rendre le bonheur perdu.

» Il me fallut de nombreux efforts, dans l'état de surexcitation où j'étais alors, pour pouvoir écrire ces quelques lignes; je parvins cependant à tracer quelques phrases incohérentes que je fis porter par mon domestique, et j'attendis son retour avec une anxiété fébrile.

» Il revint bientôt, mais pour m'apprendre que le comte et la comtesse de Visconti avaient quitté Florence, pour une destination inconnue.

» J'appris, en même temps, que la marquise Grimani était partie pour Paris le lendemain du mariage de sa nièce.

» Je crus que je deviendrais fou : mes facultés mentales semblaient paralysées ; tout était confusion dans mon cerveau torturé par la douleur.

» Je n'avais plus aucun souci des impressions extérieures, car mon âme tout entière n'était remplie que d'un sentiment unique :

» Celui d'un amour sans espoir.

. . . .

» Pendant six mois, je parcourus l'Italie, à la recherche d'Andréa : la revoir une fois encore et mourir — c'était ma seule pensée.

» Je me dirigeai ensuite sur Paris, pensant y retrouver la marquise, et apprendre d'elle où sa nièce s'était réfugiée.

» Peu après mon arrivée, les journaux m'apprenaient la mort du comte de Visconti, à Naples ; il était tombé de cheval, et si malheureusement qu'il avait succombé presque aussitôt.

» Alors, ne pouvant dissimuler la joie égoïste que j'éprouvais, — ayant désormais foi dans l'avenir qui s'ouvrait radieux devant moi, et le cœur rempli d'illusions dorées, — je pris des chevaux de poste, et, deux heures plus tard, je quittai Paris.

» Je voyageai nuit et jour, et bientôt j'arrivai à Naples. Enfin, j'allais revoir Andréa !...

» Hélas ! sous le coup de l'émotion violente qu'elle avait éprouvée en apprenant l'affreux accident arrivé à son mari, Andréa était morte subitement, quelques jours après, en donnant le jour à un enfant !...

» Comment est-il possible que cette terrible nouvelle ne m'ait pas tué sur le coup ? Comment ai-je pu résister vingt ans encore à ce souvenir ? Dieu seul le sait ».

. . . .

Ici se terminait le manuscrit dont je venais d'achever la lecture.

Alors, je me retournai vers Rinaldi, qui me dit : « Et maintenant, voyez combien les voies de la Providence sont impénétrables, et quelles ont été les conséquences de cette triste histoire.

» Je suis le fils d'Andréa.

» J'avais conservé de ma pauvre mère un médaillon, et c'est d'après lui que j'ai peint ce tableau.

» L'émotion du comte, en le voyant tout à coup, prouve que j'avais réussi quant à la ressemblance.

» Il y a trois semaines, il tomba dangereusement malade, et m'envoya chercher.

» Le portrait était suspendu au pied de son lit, et, tant qu'il en eut la force, ses yeux ne le quittèrent plus ; il murmurait fréquemment :

— » Chère Andréa, nous serons bientôt réunis.

» Je lui avais dit, un jour, que je trouvais étrange qu'Andréa fût son nom et que son portrait fût celui que j'avais essayé de reproduire dans « l'Annonciation ».

— » Je n'ai jamais demandé, me répondit-il, quel était « l'original » ; car, connaissant le genre de femmes qui servent généralement de « modèles » aux artistes, je redoutais d'apprendre qu'une personne moins pure que mon premier et dernier amour eût pu posséder un degré de beauté égal au sien.

» Je lui appris que l'original avait cessé d'exister depuis longtemps : c'était ma mère.

» Il me prit alors les mains : « Laissez-moi me dit-il, contempler tout ce qui reste de ma bien-aimée. »

» Hélas ! il n'y a aucune ressemblance. Et votre nom ? »

» Je lui expliquai que la pauvreté m'ayant poussé à me servir de mes talents d'artiste pour vivre, j'avais changé de nom, les parents qui m'avaient élevé jugeant, à tort ou à raison, que cette profession était incompatible avec mon rang véritable.

» Ce soir-là, le comte Leoni fit appeler son notaire, et changea ses dispositions.

» La nuit d'après, il était mort.

» Aux termes de ce testament, je devais faire élever une magnifique chapelle où mon tableau serait placé.

» Il laissait, dans ce but, une somme de deux cent cinquante mille francs, pour servir à la construction de cet édifice, et aussi à y dire des messes à perpétuité pour le repos de son âme et de celle d'Andréa, la femme à laquelle il avait voué, jusque dans la mort, un éternel amour.

» Enfin, il léguait à son fils le reste de sa fortune qui était considérable.

» Désormais, la peinture qui, pour moi, avait été jusqu'alors l'unique moyen d'existence, devait, grâce à la Providence, qui m'avait envoyé un bienfaiteur, n'être plus qu'un art d'agrément auquel je ne cessai, néanmoins, de consacrer tous mes loisirs. »

FAZIO

On trouve dans les annales de Pise le nom de Guglielmo Grimaldi, qui était venu des confins de Gênes s'établir à Rome.

C'était alors un jeune homme d'une vingtaine d'années environ, n'ayant que des ressources limitées et vivant seul dans un petit appartement meublé.

Cependant, grâce à des habitudes économes, jointes à une certaine habileté, il n'avait pas tardé à se constituer un petit capital qu'il fit valoir en prêtant à usure aux besogneux divers dont il s'était fait en quelque sorte le banquier.

De cette façon, tout en continuant de suivre le genre de vie qu'il avait adopté, il était arrivé en quelques années à amasser une véritable fortune, sans perdre pour cela le désir de l'augmenter encore.

Mais pour rien au monde il n'eût voulu en distraire une parcelle pour venir en aide à quelqu'un dans la peine, — fût-il son ami, — ou pour racheter le monde entier de la damnation éternelle.

Aussi, en raison de cette avarice sordide et de cet égoïsme outré, était-il détesté de tous ses concitoyens qui ne pouvaient lui pardonner ses services intéressés et la fortune qu'il avait acquise au détriment des uns et des autres, mais qu'il devait payer chèrement par la suite, ainsi que nous le verrons bientôt.

Un soir qu'il s'était attardé dans une auberge où il avait soupé en compagnie de quelques-unes de ses connaissances de mœurs équivoques, il regagnait, la tête un peu lourde, son domicile, lorsque, tout à coup, à quelques pas de sa demeure, il se sentit frappé par une main inconnue, et tomba à la renverse en poussant un cri.

Malheureusement pour lui, juste à ce moment, éclatait un violent orage, et sa voix se perdit au milieu du fracas du tonnerre et du vent qui faisait rage.

Quant à l'assassin, il avait disparu au milieu des ténèbres.

Cependant, malgré sa blessure et la vive douleur qu'il éprouvait, il chercha et réussit à gagner une maison encore éclairée et dont la porte était entr'ouverte; c'était la demeure d'un nommé Fazio, orfèvre de son état et son voisin.

Ce Fazio s'occupait, — la nuit de préférence, — d'expériences chimiques auxquelles, depuis quelque temps, il s'adonnait avec frénésie, cherchant à convertir en or ou en argent des morceaux de plomb et d'étain combinés à d'autres matières dont seul il avait le secret.

Un feu énorme était allumé dans ce but, et la chaleur était tellement forte, qu'il avait dû laisser sa porte ouverte, afin de renouveler l'air embrasé qui se dégageait de ses fourneaux et l'aurait suffoqué. Tout entier à ses occupations favorites, il restait insensible aux éclats de la foudre, aux lueurs aveuglantes des éclairs qui se succédaient sans interruption, et à la pluie qui commençait à tomber en grains serrés.

Mais un bruit d'une autre nature, celui d'une chute à quelques pas de lui, l'obligea à tourner la tête; c'était le blessé qui, pâle et défait, couvert de sang, venait, après des efforts inouïs, d'atteindre le seuil de la porte, et qui, en tombant de nouveau, avait poussé un appel désespéré.

Surpris plutôt qu'effrayé à la vue de l'usurier qu'il avait reconnu, mais ne se rendant pas compte encore de ce qui lui était arrivé, il le souleva de ses bras robustes et le porta à l'intérieur en le plaçant sur une chaise auprès du feu, puis il s'écria : « Eh ! l'ami, que faites-vous ici à pareille heure et par une nuit semblable ? »

— « Hélas ! gémit le malheureux, je suis malade, et bien malade... blessé à mort... je le sens... Par qui, et pourquoi? je l'ignore... » Et à peine avait-il prononcé ces quelques mots, qu'il glissa de sa chaise et tomba à terre où il resta étendu sans mouvement.

Il était mort.

. . . .

D'abord Fazio avait cru à un simple évanouissement et avait essayé de le faire revenir à lui en employant tous les moyens en usage dans un cas de ce genre; mais après l'avoir examiné attentivement, et constaté l'horrible blessure qu'il n'avait pas tout d'abord aperçue, il fut bien obligé de reconnaître que tout secours était inutile.

Alors, justement effrayé, il se précipita au dehors avec l'intention d'aller déclarer le décès au plus vite; mais il réfléchit aux désagréments que pouvait lui susciter cette confidence, et aussitôt il changea d'avis.

Fermant sa porte, il se mit alors à fouiller le cadavre, en même temps qu'une mauvaise pensée commençait à germer peu à peu dans son esprit. Dans une de ses poches il ne trouva que quelques florins.

Il chercha encore et découvrit bientôt un trousseau de clefs qui, d'après leur apparence, devaient ouvrir la maison, les chambres et le coffre-fort de l'avare qui, si les dit-on étaient vrais, y avait renfermé d'immenses richesses.

Pourquoi n'en profiterait-il pas ?

Pénétré de cette idée il prit aussitôt la résolution de la faire tourner à son profit, en s'emparant, quoi qu'il pût en advenir, de la fortune de l'homme assassiné.

— « Hésiter serait absurde, » se dit-il ; « n'ai-je pas fait tous mes efforts pour le rappeler à la vie ?

» Est-ce ma faute si je n'ai pas réussi ?

» D'ailleurs, on ne lui connaît aucun héritier ; et quand cela serait ? l'occasion est certes trop belle pour ne pas en profiter. La Providence est pour moi... Allons, trêve d'hésitations ; à moi la fortune ! le bonheur ! Je suis seul ; ma femme et mes enfants sont jusqu'à demain au chevet du grand-père dangereusement malade, — déjà mort peut-être. — Personne ne viendra plus me déranger ; la nuit est noire, le tonnerre gronde encore, comme si le ciel allait s'écrouler. Il est minuit ; qui à cette heure oserait mettre le pied dehors ? l'assassin put-être ? mais non, il doit avoir pris la fuite sans s'attarder à regarder derrière lui ce qu'est devenue sa victime, car c'est la vengeance à coup sûr et non le vol qui a dû armer son bras.

» Si je ne dois m'en rapporter qu'à moi seul, toute crainte doit être écartée, et je puis agir en toute sûreté ; le faire disparaître, c'est l'essentiel, car, en le trouvant chez moi, qui ajouterait foi à mes explications ?

» On dirait que je l'ai tué et volé...

» Et comment prouver le contraire ?

» On me mettra d'abord en prison, ce qui est plus facile que d'en sortir, et l'innocent paierait alors pour le coupable.

» Cela ne sera pas. La réussite dépend avant tout de la rapidité de l'exécution; assez divagué, et maintenant à l'œuvre sans perdre un instant : *audaces fortuna juvat !* »

Il cacha alors le trousseau de clefs sous sa veste, jeta sur ses épaules un manteau fourré, se dissimula le visage sous un chapeau à larges bords, traîna le cadavre dans le fond de son atelier, jeta par-dessus une vieille toile, et, plein de confiance dans l'avenir, tirant enfin la porte derrière lui, et la fermant à double tour, il s'engagea dans la rue qui conduisait à la demeure de l'homme qu'il allait dévaliser, sans crainte, sans remords...

. . . .

L'orage avait cessé, autour de lui tout était silencieux.

Alors, déposant à terre la lanterne sourde dont il s'était muni, il tira de dessous sa veste le trousseau de clefs, prit une des plus grosses et l'introduisit dans la serrure.

La porte s'ouvrit aussitôt.

Alors, s'avançant avec précaution, l'oreille aux aguets, — bien que, mieux que personne, il sût qu'il n'avait rien à redouter du malheureux locataire, — il pénétra dans les différentes pièces qu'il inspecta avec soin.

Dans une des chambres du fond se trouvait le coffre-fort solidement scellé à la muraille.

Après quelques tâtonnements, il réussit à l'ouvrir.

Ce coffre-fort contenait plusieurs compartiments qu'il ouvrit pareillement.

Alors il s'arrêta, fasciné, ébloui...

Des flancs de sacs méthodiquement alignés et empilés les uns sur les autres, s'échappèrent des pièces d'or criblant de points brillants toute la chambre autour de lui ; c'était une fortune comme jamais, dans aucun de ses rêves les plus ambitieux, il n'eût osé l'espérer.

Mais il était prudent.

Avisant une valise qu'il aperçut dans un coin, il y plaça les sacs, ne prenant que l'or, et laissant, en soupirant toutefois, ceux remplis de chaînes et de bijoux comme pouvant le compromettre à un moment donné.

Il remit ensuite tout en place, ferma les portes avec soin, et regagna sa maison sans avoir rencontré sur le parcours aucun être vivant.

Son expédition nocturne avait réussi au delà de ses désirs ; l'impunité lui était assurée, il le croyait du moins...

Une fois chez lui, seul avec le cadavre et le trésor volé, il se mit en devoir de changer de vêtements.

Cela fait, il songea alors à faire disparaître le principal témoin, et comme il était très fort et agile, il prit le corps de l'usurier qu'il chargea sur ses larges épaules, et, sans émotion apparente, il descendit tranquillement les marches de l'escalier qui conduisait à sa cave, et, sans plus tarder, il se mit à creuser la fosse destinée à recevoir pour toujours le pauvre Grimaldi, travaillant avec une ardeur qui décuplait ses forces, sans se soucier de la sueur qui ruisselait sur son front.

Aussi, quelques heures à peine s'étaient-elles écou-

lées que la lugubre besogne était terminée en partie.
— Saisissant alors le cadavre d'une main ferme, il le
précipita tout habillé dans le trou béant, sans oublier la valise qui avait contenu le fruit du vol et les
clefs qui avaient servi à le commettre.

Puis il combla la fosse, piétina la terre avec soin,
sema par-dessus de la limaille de fer mêlée à de la
poussière, y roula des barriques vides, et après s'être
assuré que l'œil le plus exercé ne pourait y découvrir
rien d'anormal, tranquille désormais, il remonta dans
son atelier.

Là, à l'abri de tout regard indiscret, il se mit à
compter fiévreusement tout l'or qu'il avait apporté :
jamais il n'en avait tant vu.

Mais la nuit s'avançait, il n'avait plus un instant à
perdre pour mettre en lieu sûr ses immenses richesses.

Alors, avisant une armoire bardée de fer où il ren-
fermait les différents produits chimiques dont il se
servait habituellement pour ses expériences, il y porta
le produit de son crime, et, après l'avoir fermée à
double tour, il mit la clef dans sa poche.

Quant aux sacs, il les jeta dans le brasier préparé
pour la fonte de ses métaux.

Enfin, satisfait au delà de toute expression, il
lança vers l'armoire un regard où se peignaient mille
sentiments divers — le remords excepté — et, éprou-
vant le besoin de se reposer, il alla se coucher.

Mais alors ce fut en vain qu'il essaya de dormir;
des rêves, des cauchemars affreux ne cessèrent jusqu'au jour de hanter son sommeil.

. . . .

Cependant, aussitôt levé, ne pouvant tenir en place,
il sortit et parcourut les principaux quartiers de la

12

ville, cherchant à apprendre, — tout en ne provo-
quant aucune question indiscrète, — ce qu'on pensait
de la disparition mystérieuse de l'usurier.

Mais cet événement était trop récent, et personne
ne semblait se douter encore de l'horrible assassinat
commis la nuit précédente.

Pourtant, le quatrième jour, on commença à conce-
voir quelques inquiétudes en voyant la maison de
l'usurier hermétiquement fermée.

S'il s'absentait parfois, — ce qui lui arrivait rarement, — la durée de ses absences ne dépassait pas un
jour ou deux.

Certainement quelque malheur devait lui être
arrivé... et, de bouche en bouche, le bruit en parvint
aux oreilles de la police qui, à son tour, songea qu'il
était temps d'intervenir, et, dans la soirée, quelques
agents accompagnés d'un serrurier arrivaient devant
la maison de Grimaldi.

D'abord ils frappèrent à la porte qui, naturellement,
resta close, — et nous savons pourquoi.

Alors elle fut crochetée, et la police fit irruption à
l'intérieur, tandis qu'au dehors, la foule des curieux,
au nombre desquels se trouvait Fazio, impassible en
apparence, bien que fortement émotionné en réalité,
grossissait de minute en minute, jetant sur la porte
qui avait été refermée des regards où l'impatience
le disputait à une vive curiosité.

Cependant le plus profond silence régnait à l'intérieur, et la surprise des agents ne faisait qu'augmenter
à mesure qu'ils avançaient dans les pièces vides; ils
fouillèrent partout, mais inutilement.

L'appartement était bien inhabité — du moins pour
le moment, — nul doute ne pouvait subsister dans
leur esprit à cet égard.

Après avoir constaté que toute hypothèse de vol devait être écartée, et en présence de l'ordre parfait qui les avait frappés tout d'abord, ils se retirèrent tout décontenancés, non sans avoir consigné auparavant, sur un procès-verbal, l'insuccès de leurs recherches qu'ils ne pouvaient intérieurement que regretter.

Quelques jours plus tard, de nombreuses affiches furent apposées dans différents quartiers de la ville, promettant une bonne récompense à celui qui fournirait des renseignements sur la personne de Grimaldi, mort ou vivant.

La police, pendant ce temps, ne restait pas inactive ; mais malgré le zèle et l'activité qu'elle déploya, elle ne put rien découvrir qui fût de nature à éclaircir tant soit peu un mystère qui continuait à passionner au plus haut degré l'opinion publique, à tort ou à raison.

Puis, insensiblement, tout bruit cessa sur cette affaire, et, trois mois plus tard, aucune réclamation ne s'étant produite de la part des héritiers du mort ou de l'absent — si toutefois il en avait, — tout ce qu'il possédait fut confisqué au profit de l'Etat.

Mais ce qui eut lieu de provoquer un certain étonnement, ce fut l'absence complète de monnaies d'or ou d'argent dont on ne retrouva de traces nulle part, alors que personne à Pise n'ignorait la situation de fortune de l'usurier qu'on évaluait à des sommes considérables.

Il y eut à ce sujet de nombreux commentaires ; puis le silence se fit, et tout rentra de nouveau dans l'ordre accoutumé.

. . . .

Cependant Fazio, pendant ce temps, continuait son genre de vie habituel auquel il n'avait voulu rien changer ; et entre sa femme Peppa et ses enfants qui étaient revenus après la mort du grand-père, et qui étaient loin de se douter du sombre drame dont leur foyer avait été le théâtre nocturne durant leur absence de quelques jours, tranquille et assuré de l'impunité, il se réjouissait intérieurement du succès de son crime, en attendant patiemment le moment favorable d'en jouir sans danger.

Que n'eût-il persisté dans le silence prudent qu'il s'était imposé jusqu'alors, et il eût évité dans l'avenir pour lui et sa famille le plus horrible des châtiments !

. . . .

L'affaire, nous l'avons dit, était classée.

Fazio, dans l'intervalle, avait fait comprendre aux uns et aux autres qu'il allait faire un voyage en France, afin d'y vendre le produit de merveilleuses découvertes qu'il avait cru devoir cacher jusqu'alors, n'étant pas absolument assuré d'un résultat dont il ne doutait plus maintenant.

Cela concernait la transformation en argent et en or de certains métaux dont il avait trouvé le secret.

Mais personne n'y ajoutait foi ; on haussait les épaules en criant bien haut que le pauvre homme dépensait inutilement son temps, sa peine et son argent, qu'il finirait sûrement par perdre le peu de raison qu'il possédait encore, et l'on plaignait sincèrement sa femme d'avoir un tel mari...

Ses amis, d'autre part, essayaient vainement de la dissuader de quitter sa ville, cherchant à lui faire comprendre qu'il pourrait aussi bien, si sa découverte n'était pas une illusion, trouver à Pise les mêmes avantages qu'à Paris.

Mais Fazio avait son plan, sachant fort bien qu'il avait assez d'argent en réalité chez lui pour le mettre à exécution ; mais, le moment de s'en servir n'était pas encore venu, et, sous le prétexte qu'il n'en possédait pas suffisamment en apparence pour effectuer son voyage, il hypothéqua une petite ferme pour la somme de cent florins, en garda pour lui la moitié et laissa le reste à sa femme.

Cela fait, il arrêta son passage à bord d'un bâtiment en partance pour Marseille, et demeura sourd à toutes les supplications, insensible aux larmes de sa femme qui le priait en grâce de ne pas s'exposer à perdre le reste de leur petit avoir, et de l'abandonner ainsi que ses enfants à la misère et au désespoir.

« Et alors même, » disait-elle, « que nous devrions être plus heureux qu'à l'époque où tu te livrais à ton état d'orfèvre, apportant chaque jour à la maison de quoi suffire à nos besoins, ne nous quitte pas, je le préfère, car loin de toi je ne saurais vivre. »

Fazio chercha à calmer sa douleur, lui promettant à son retour de lui apporter plus d'or qu'elle ne pourrait en dépenser, ce qui compenserait au delà la tristesse de son absence. Mais en vain ; et la pauvre femme reprit en sanglotant :

« Si tout cet or existe réellement, il est aussi facile de l'obtenir ici près de moi qu'au loin ; oui, je crains que tu ne veuilles me quitter pour toujours, et, si cela était, que deviendrais-je seule avec mes enfants ? Hélas ! il me faudra donc aller tendre la main ?... As-tu pensé que je pourrais y survivre ? »

Fazio alors aimait tendrement sa femme, et, incapable de supporter plus longtemps sa douleur et la vue de ses larmes, il se décida enfin à lui dévoiler le motif qui l'obligeait à se rendre en France ; il l'embrassa, la prit doucement par la main et la conduisit dans son atelier.

Là, il lui avoua tout ce qui s'était passé en son
absence : l'assassinat commis par une main mystérieuse, l'arrivée chez lui de la malheureuse victime,
ses efforts inutiles pour la rappeler à la vie, et enfin
la tentation à laquelle il avait succombé, de prendre
les clefs qu'il portait sur lui et de s'emparer de l'or
qu'il possédait.

Sa femme l'écouta en silence, intérieurement agitée
de mille sentiments divers où, à la crainte et à la cupidité, venait se joindre le souvenir d'une longue vie
d'honnêteté.

Mais lorsque Fazio eut ouvert d'une main fébrile
l'armoire, et que sa femme y eut jeté les yeux, alors
elle ne vit plus que le brillant du métal fascinateur,
et, oubliant à quel prix ces richesses avaient été
acquises, sans souci de leur honneur à jamais flétri,
pleurant et criant à la fois, elle jeta ses bras au cou de
son mari, lui demandant pardon de ses injustes soupçons, et des plaintes que, dans son égoïsme, elle avait
eu le tort de lui adresser.

Alors Fazio, lui ayant fait promettre le secret, l'as-
socia ensuite aux plans d'avenir qu'il avait conçus, en
insistant sur le peu de durée d'une absence indis-
pensable à leur réussite, et détaillant avec complai-
sance le bonheur futur dont ils allaient enfin pouvoir
jouir, après tant d'années de misères et de privations.

Peppa n'avait désormais aucune objection à formuler, et le départ de Fazio fut décidé pour le lendemain, le navire sur lequel il avait pris passage peu
après devant mettre à la voile ce jour-là.

Les derniers préparatifs terminés, c'est-à-dire après
que Fazio eut mis dans une valise tout l'or et l'argent
qu'il devait changer en France, fait graver en grosses

lettres sur le couvercle d'une caisse énorme qui ne
contenait que du vieux fer destinée à être jeté à la
mer pendant le cours de la traversée le mot : *Métaux*;
après avoir enfin laissé à sa femme largement de quoi
suffire à ses besoins et à ceux de ses enfants pendant
une absence qui pouvait plus ou moins se prolonger
suivant les circonstances ; en un mot, ayant tout
prévu, il se dirigea au jour fixé et à l'heure dite vers le
bâtiment.

Là, il prit enfin congé de tous ceux qui avaient bien
voulu l'accompagner, écoutant passivement les regrets
exprimés par ses amis ou leurs reproches auxquels
Peppa, afin de mieux cacher ses sentiments personnels, affectait de s'associer en pleurant.

Car, à dire vrai, la plupart de ses concitoyens
n'avaient qu'une médiocre confiance dans le résultat
plus ou moins heureux des expériences scientifiques
de l'orfèvre, et ils s'étaient unis dans une idée commune, celle de ridiculiser en petit comité son entreprise ; et quelques-uns d'entre eux, les jaloux de tous
et de tout, qui l'avaient connu dans des jours meilleurs, alors qu'il ne songeait pas encore à se livrer à
ses travaux nocturnes, ne se faisaient pas faute d'exprimer cette opinion peu généreuse qu'on ferait bien
de prendre souci de la santé du pauvre diable qui
partagerait bientôt, à n'en pas douter, le sort de ses
prédécesseurs adonnés à l'art de l'alchimie, et qui se
ruinèrent au lieu d'enrichir leur famille ; appréciations
malveillantes que Fazio n'avait pas été sans connaître
mais dont, à cette heure, il se souciait fort peu naturellement.

Dès qu'il fut en pleine mer, et la nuit venue, Fazio
débarrassa la caisse de son contenu sans éveiller l'attention de personne, et, le vent étant favorable, bien-

tôt il débarquait à Marseille qu'il quittait le jour même
pour Paris.

Il y passa un mois sans donner aucune de ses nouvelles; puis un jour il adressa une longue lettre à sa
femme, lui annonçant qu'il avait réussi au-delà de ses
désirs, et qu'il comptait la revoir prochainement.

Peppa s'empressa de colporter partout l'heureuse
nouvelle qui surprit les uns agréablement, pendant
que le plus grand nombre se refusait encore à y ajouter
foi.

Cependant, dans l'intervalle, Fazio avait réalisé
sans se presser tout ce qu'il avait emporté d'or et d'argent avec lui — le produit du vol; il en déposa la plus
grande partie dans l'une des principales banques de
la capitale, et reçut en échange des lettres de crédit
sur Pise, puis le reste de sa fortune sur la maison Lan-
francchi.

Cela fait, il se rendait à Marseille où il s'embar-
quait pour Livourne, et, quelques jours après, il pouvait embrasser sa femme et ses enfants accourus au-
devant de lui.

Son premier soin fut de présenter ensuite ses
lettres de crédit, et les neuf cent mille ducats d'or
qu'on lui compta sans observation furent immédiatement portés chez lui et mis en lieu sûr, en attendant
mieux.

Chacun fut bien alors obligé de se rendre à l'évidence et de reconnaître qu'il n'avait pas été si fou
qu'on avait pu le supposer; et, vraies ou non, les félicitations du plus grand nombre lui arrivèrent de toutes
parts.

N'allait-il pas être désormais le roi de la ville, et,
par son immense fortune, contribuer au bien général
de ses concitoyens.

Qui sait même si un jour sa statue ne figurerait pas sur l'une des places publiques!...

Cependant Fazio allait pouvoir jouir en paix de cet or qui eût dû lui brûler les doigts, et un jour il achetait une vaste propriété sur laquelle il fit élever un magnifique hôtel qui occupa pendant plus d'un an une foule d'ouvriers.

Toutefois son intention n'était pas de se défaire de la maison qui avait été le point de départ mystérieux de sa fortune actuelle et encore moins de la mettre jamais en location.

Au contraire, il y laissa ostensiblement tout le mobilier qu'elle contenait, et se garda bien surtout de toucher à ses fourneaux et aux appareils divers qu'il montrait volontiers avec un orgueil bien joué aux uns et aux autres, ne les conservant, disait-il avec bonhomie, qu'en souvenir du passé, car il n'avait plus à s'en servir par suite des engagements contractés avec l'acheteur de ses découvertes. « Et d'ailleurs, je suis assez riche maintenant, » ajoutait-il invariablement; « j'ai bien le droit de me reposer.. je me fais vieux enfin, et qui pourrait dire combien de temps il me reste à vivre?...»

. . . .

Cependant, dès que l'hôtel fut en état de le recevoir, il s'empressa de le meubler avec le plus grand luxe, n'épargnant rien de ce qui pouvait en faire une demeure princière.

Puis il acheta deux équipages, l'un pour sa femme et ses enfants, l'autre pour lui, et, tout étant réglé au gré de ses désirs, il se plongea alors voluptueusement dans tous les plaisirs qu'au dedans au au dehors un trésor inépuisable pouvait lui procurer : dîners somptueux et magnifiques parties de chasse auxquels les

plus titrés de ses concitoyens se faisaient une fête
d'être invités.

Peppa, de son côté, s'était promptement identifiée
avec sa nouvelle position, et quelques mois à peine
s'étaient écoulés au milieu de cette atmosphère de
fêtes que ce peu de temps avait suffi pour en faire une
tout autre femme, et cela sans le moindre effort, par
le seul contact du monde choisi qu'elle recevait.

Toutefois, ce qu'on pouvait encore lui reprocher,
c'était un certain orgueil de « parvenue », un désir
immodéré dont elle n'avait pu encore se défaire, de
montrer ses richesses à tout venant, et de jouir alors
du dépit qu'elle croyait apercevoir dans les regards
envieux.

C'était un petit travers qu'on pouvait bien lui pardonner — du moins c'est ce qu'on disait tout bas.

Un an se passa sans amener dans le ménage de
l'ancien orfèvre rien qui fût de nature à modifier la
position respective du mari et de la femme.

Peppa continuait d'aimer tendrement son mari
sans jamais faire aucune allusion au passé, qui
pour eux semblait ne plus exister qu'à l'état de rêve
lointain.

Fazio ne l'aimait pas moins, et rien jusqu'alors
n'indiquait que cet amour pût un jour se modifier.

Mais un bonheur durable n'est pas de ce monde, et
ces beaux jours sans nuage allaient bientôt se changer en nuit de deuil et de désespoir; car la fatalité
voulut qu'un jour, à l'une de leurs soirées, assistât une
vieille dame accompagnée de sa nièce, jeune fille d'une
rare beauté.

C'étaient les instruments dont la Providence devait
se servir pour ne pas laisser plus longtemps le crime
impuni.

Les nouveaux venus leur avaient été présentés quelque temps auparavant comme étant dignes du plus grand intérêt : la vieille dame était veuve et sans fortune; la jeune fille, très instruite mais pauvre, ne désirait rien moins que de trouver dans une famille honorable un emploi en rapport avec son instruction, pouvant lui permettre d'augmenter tant soit peu le bien-être de sa tante.

Peppa se l'attacha alors comme demoiselle de compagnie, avec l'assentiment de son mari qui n'avait prêté d'ailleurs en ce moment qu'une attention distraite à la demande qui lui était adressée par sa femme.

Malheureusement, il finit par remarquer la beauté de Maddelena (c'était le nom de la jeune fille), et insensiblement, malgré lui, il en devint éperdument amoureux ; et un soir, alors qu'il se trouvait seul avec elle, il lui déclara sa violente passion... et il en advint ce qui devait arriver : la jeune fille n'eut bientôt plus rien à lui refuser.

Leurs relations coupables se continuèrent pendant un certain temps dans le plus profond mystère ; mais ils s'enhardirent avec l'impunité, et l'épouse outragée ne pouvait à la longue manquer d'être instruite de la triste vérité; son indignation se traduisit alors en violents reproches, malgré les dénégations de la jeune fille, et comme son mari était absent, elle en profita pour chasser celle qui avait souillé son toit.

Fazio, à son retour, apprit ce qui s'était passé, et en éprouva une terrible colère, niant d'ailleurs les faits qu'on lui reprochait, et continua au dehors, sans s'en préoccuper autrement, ses rapports criminels avec celle dont il ne pouvait plus se passer désormais.

Mais, à partir de ce moment, il y eut entre le mari

et la femme des scènes de jalousie telles, que cette maison naguère si gaie et si tranquille devint bientôt pour Fazio pire que l'enfer.

Au fond, il reconnaissait ses torts, mais, dominé par une passion qui ne faisait que croître avec les obstacles qui lui étaient opposés par la présence de Peppa, il résolut enfin de s'en affranchir complètement en quittant femme et enfants, et en allant se retirer dans une de ses villas située à une distance assez éloignée.

Et là, seul avec sa belle maîtresse, inconscient du passé, insoucieux de l'avenir, tout au présent, il se réjouissait aux pieds de Maddelena de la résolution qu'il avait prise de s'éloigner à tout jamais du domicile conjugal, pendant que sa femme restait plongée dans le plus profond désespoir.

Quelques mois se passèrent sans amener aucun changement dans leur position respective, quand enfin Peppa, de plus en plus surexcitée par le démon de la jalousie, et bientôt par la haine qui, à son insu, s'était glissée dans son cœur d'épouse et de mère, prit la résolution de dénoncer son mari en révélant à la justice comment Fazio était arrivé à se créer la position élevée où il était tout à coup parvenu.

C'était, selon Peppa, le seul moyen de se venger sur son mari des outrages dont il continuait à l'abreuver; et alors, sans réfléchir aux suites de cette odieuse dénonciation qui allait non seulement punir le coupable, mais encore rejaillir sur ses enfants innocents, elle se rendit seule auprès d'un magistrat qui faisait partie du « Conseil des huit », à Florence, fit sa déposition sans rien oublier de ce qui lui avait été raconté naguère sous le sceau du secret; puis elle conduisit les membres du conseil, surpris au dernier point, dans l'ancienne maison de l'orfèvre, les accompagna dans la cave, et, froidement, leur indiqua la place où avait été enterré le malheureux Grimaldi que l'on reconnut sans peine aux vêtements qu'il portait le jour où il avait été frappé, et aux différents objets qui avaient servi à commettre le vol et qui, conservés dans son atelier, eussent pu un jour faire reconnaître Fazio comme l'auteur du crime.

On arrêta provisoirement la femme, et l'on dépêcha auprès du mari des agents secrets qui le trouvèrent en compagnie de sa maîtresse, au moment où tous les deux allaient s'asseoir à une table luxueusement servie.

Aussitôt on s'empara de Fazio, et, malgré ses protestations indignées, il fut conduit à Pise, et dès lors traité comme prisonnier d'État.

Quelques jours plus tard, il comparaissait devant le « *Conseil des huit* » qui essaya, mais en vain, de lui faire avouer son crime.

Fazio demeura impassible, et refusa de répondre à toutes les questions qui lui furent posées.

Mais, ayant été mis en présence de sa femme, alors Fazio regarda fixement ses juges et s'écria d'une voix forte : « C'est justice ! en vérité. » Puis, se tournant vers Peppa pâle et immobile, il ajouta lentement :

« C'est ma trop grande affection pour toi qui m'a conduit ici. » Et prenant ensuite à part l'un des juges, il lui raconta brièvement le vol qu'il avait commis après la mort de l'usurier assassiné par un inconnu pendant une nuit d'orage, et recueilli par lui, en l'absence de sa femme et de ses enfants, mais en se défendant avec énergie d'être pour quelque chose dans cet assassinat mystérieux.

Mais il ne put convaincre ses juges, qui, d'un com-

mun accord, se refusèrent à ajouter foi à ce récit,
soutenant qu'il y avait toute apparence que l'assassinat
et le vol avaient été commis par le même homme, et
que le seul coupable n'était autre que l'accusé.

Ils le menacèrent enfin de la torture, s'il s'obstinait
à ne pas vouloir avouer la vérité ; et comme Fazio se
taisait et semblait ne vouloir rien changer à ses pré-
cédentes déclarations, il fut entraîné au dehors et livré
aux mains du bourreau chargé de lui arracher, par les
moyens dont il disposait dans la salle des tortures,
l'aveu du crime qu'on lui imputait.

Bientôt, épuisé par d'horribles souffrances qu'il
ne pouvait plus endurer, il avoua tout ce qu'on voulut.

Il fut alors réintégré dans sa prison, et, le jour suivant, il s'entendait condamner à mort.

Le jugement portait que le nommé Fazio, coupable
d'assassinat et de vol sur la personne de Grimaldi,
serait roué vif et que tous ses biens seraient confis-
qués au profit de l'Etat.

Il ordonnait aussi que les restes de l'usurier seraient
exhumés et mis en terre sainte.

Quant à la belle Maddelena, on la chassa sans pitié
de la villa où elle avait jusqu'alors régné en maîtresse
souveraine et adorée.

La justice, d'autre part, prenant en considération la
dénonciation d'un crime qui, sans Peppa, n'eût jamais
sans doute été découvert, abandonna toute poursuite
de ce côté, la complicité de la femme n'étant pas d'ailleurs suffisamment démontrée.

Peppa put alors reprendre le chemin de sa maison
qu'elle trouva silencieuse et abandonnée ; seuls les
deux malheureux enfants de Fazio attendaient, près
d'une vieille domestique restée fidèle au malheur, le
résultat du procès.

Leurs yeux étaient baignés de larmes, et, au moindre bruit, ils tressaillaient violemment, quand enfin la porte s'ouvrit et leur mère, pâle, défaite, les yeux hagards, entra en chancelant. A sa vue, ses enfants restèrent immobiles, puis d'un bond furent bientôt dans les bras de Peppa qui les serra avec frénésie sur sa poitrine, pendant que ses larmes coulaient lentement sur son visage amaigri. — Car, à cette heure, le remords s'était peu à peu glissé dans ce cœur que la jalousie avait ulcéré, et elle se rendait compte enfin de l'ignominie de sa conduite envers le père de ses enfants.

Mais, hélas ! il était trop tard ; son désespoir ne pouvait plus désormais empêcher que sa trahison n'eût un résultat funeste et prochain.

. . . .

Cependant, à la nouvelle de la condamnation à mort de Fazio, qui s'était répandue avec la rapidité de l'éclair dans toute la ville et aux environs, il n'y eut partout qu'un cri de réprobation contre celle qui avait dénoncé son mari, qu'il fût coupable ou non.

Quant au malheureux Fazio, qui n'avait plus rien à espérer des hommes, il attendait maintenant avec impatience, mais sans colère, qu'on mît un terme à ses souffrances morales et physiques.

Ce moment enfin arriva.

Au jour fixé pour l'expiation, on le plaça enchaîné sur un traîneau, et, pendant plusieurs heures, il fut promené dans les rues de Pise au milieu d'un énorme concours de gens de toute classe accourus pour assister à son exécution.

Pâle mais ferme, Fazio semblait ne rien voir, ne rien entendre : son esprit était déjà par delà l'inconnu...

Une fois sur la place où il allait expier son crime, on l'arracha brusquement du traîneau, et il fut porté sur la roue où bientôt les craquements sinistres des os, le sang qui ruisselait de toute part, vinrent glacer d'épouvante et d'effroi les spectateurs massés devant l'échafaud.

Puis ce corps, tout à l'heure plein de vie et maintenant déchiqueté, horrible à voir, n'ayant plus aucune apparence humaine, fut laissé sur la roue comme exemple pendant tout le reste de la journée.

. . . .

Cependant la nouvelle de l'exécution parvint bientôt aux oreilles de Peppa, qui, livrée au plus profond désespoir, résolut de mettre le jour même fin aux souffrances qu'elle endurait, et vers le soir, à l'heure où les rues étaient devenues désertes, ne craignant plus aucun regard indiscret, elle prit ses deux enfants par la main, et tous les trois, les yeux pleins de larmes, se dirigèrent à pas lents vers le lieu de l'exécution.

Arrivée au pied de la plate-forme où était étendu le cadavre de son mari, et que contemplaient encore quelques rares spectateurs, Peppa s'arrêta un instant, puis, sans hésiter, se mit à gravir avec ses enfants les degrés de l'échafaud.

A la dernière marche, elle s'arrêta quelques minutes; ses yeux maintenant étaient devenus secs, mais la fièvre y avait imprimé un éclat inaccoutumé.

Tout à coup, elle abaissa ses lèvres sur le mort, y imprima un long baiser, et avant que les spectateurs de cette scène inattendue eussent pu se rendre compte de ce qui allait se passer, la lame d'un poignard brilla au-dessus de sa tête, et comme l'éclair s'enfonça dans la poitrine de ses enfants qui tombèrent sans pousser un cri, en inondant de sang la mère et le cadavre du malheureux Fazio.

Puis brusquement, à son tour, elle se frappait mortellement.

Un long cri d'horreur s'échappa de toutes les poitrines. On se précipita sur l'échafaud, mais il était trop tard : Peppa s'était fait justice, et innocents et coupables confondus gisaient maintenant pêle-mêle sur les bois rouges.

LA TEMPÊTE DE NEIGE

Mon vieil ami, le chevalier de Ywern y Cynyddiou, était le meilleur et le plus honnête homme de la terre.

Son existence avait été des plus accidentées, mais il avait fini par trouver une retraite assurée pour sa vieillesse dans un gentil petit coin que chacun de nous aurait pu lui envier.

Là, certainement, jamais on n'eût pu trouver un être plus hospitalier, plus affectueux et charitable, d'une amitié plus sincère que le vieux Morgan Hughes ; et, bien que les orages d'une vie qui allait atteindre sa soixante-dixième année eussent depuis longtemps blanchi ses rares cheveux et sillonné son front de rides profondes, il était cependant toujours aussi gai et aussi joyeux que la plupart des jeunes gens d'aujourd'hui, sinon plus encore.

Sa vie, je le répète, avait été remplie par une activité fiévreuse, et en même temps traversée de vicissitudes sans nombre, semée d'aventures périlleuses et d'incidents mouvementés ; mais j'aurais dû dire dans sa première partie seulement ; car, jeté dans le vaste monde sans père ni mère, n'ayant plus aucun parent à un degré quelconque, aucun ami, dans le sens vrai de ce mot, il était difficile que sa jeunesse pût s'écouler au milieu des plaisirs ou dans une insouciante oisiveté.

Ce ne fut que longtemps après, alors qu'il était arrivé presque sur le déclin de la vie, qu'il se trouva enfin possesseur d'une fortune relativement élevée, d'un intérieur confortable, et entouré d'une famille qui l'adorait.

Mieux que personne, il connaissait assez par expérience les soucis et les fatigues de l'existence triste qu'il avait subie, pour savoir compatir à son tour aux misères de ses semblables, toutes les fois que l'occasion s'en présentait, — et cela arrivait souvent.

Aussi le pauvre, par gratitude, appelait les bénédictions du ciel sur sa tête, et le riche respectait, de son côté, ses vertus discrètes et variées.

. . . .

Rien ne réjouit plus un vieillard que de pouvoir raconter les exploits de sa jeunesse; et jamais personne n'écoutait avec plus de recueillement, avec moins de fatigue, que ses amis, les histoires dont Morgan Hughes aimait à leur faire le récit.

Il y en avait une, entre autres, qui avait toujours eu le don de m'intéresser vivement, et dans l'espoir qu'elle pourra également plaire à d'autres, je vais essayer à mon tour de la raconter aussi succinctement que possible, et dans les termes mêmes dont se servait mon vénérable ami :

... Il y a déjà longtemps de cela : j'avais vingt-cinq ans environ ; j'étais employé chez le chevalier Jones qui habitait Tal-y-gareg, petit endroit situé près de Welchpool.

C'était un homme d'un caractère doux et tranquille,

qui travaillait fort peu, laissant le soin de s'occuper de ses affaires à son intendant M. Pearson, qui m'avait sous sa direction immédiate.

Pour un motif ou pour un autre, — et je n'ai jamais su pourquoi, — M. Pearson m'avait pris en profonde aversion ; et comme c'était un homme d'un tempérament morose et chagrin, je n'obtenais de lui que beaucoup de travail sans la moindre compensation.

Un hiver, il lui prit fantaisie de spéculer sur la vente du gros bétail qu'on nourrissait dans les pâturages de Montgomergshire, et de l'envoyer à la foire de Shrewsbury qui se tenait le second lundi de chaque mois.

Il appartenait à mon emploi dans la maison d'accompagner le troupeau, de vendre les bœufs et les vaches qui le composaient, et de rapporter l'argent à M. Pearson.

Les conducteurs partaient à la première heure, seuls en avant, ainsi qu'ils en avaient l'habitude ; et je les suivais à distance sans me presser.

Un fermier des environs de Tal-y-gareg, à qui j'avais rendu un léger service, m'avait fait présent d'un magnifique chien de garde, jeune encore et de pure race.

Je lui donnai le nom de Blainor, et maintes fois, alors que, retiré dans ma petite chambre à coucher, je me laissais aller le plus souvent à mes tristes pensées, les caresses muettes de mon chien venaient compenser les quelques consolations qui m'étaient refusées par les êtres raisonnables de mon espèce, et relever mon courage abattu.

Blainor m'était si attaché que je faisais de lui tout ce que je voulais ; et, malgré le caractère de la race à laquelle il appartenait, il était près de moi doux et soumis comme un agneau, alors que les étrangers

qu'il n aimait pas n'auraient pu l'approcher sans
danger.

Blainor était mon compagnon de tous les instants ;
il allait avec moi dans les montagnes, et m'était d'un
grand secours pour m'aider à rassembler les moutons
épars dans la plaine; il me suivait au marché à
Welchpool, et m'accompagnait toujours à la foire
de Shrewsbury où il était aussi connu qu'à la maison; il
dormait au pied de mon lit, se blottissait entre mes
jambes pendant les repas, et enfin ne me quittait ni
jour ni nuit; c'était, je dois le dire, presque le seul
ami que j'avais au monde, et je l'estimais en conséquence.

L'hiver s'annonçait comme devant être très rude, et,
au milieu des montagnes de cette partie de Montgo-
meryshire où est situé Tal-y-gareg, nous ressentions
sa rigueur beaucoup plus vivement que ceux qui habi-
taient dans les terrains bas de la région.

A l'époque de la foire de février, M. Pearson dési-
gna vingt têtes de bétail pour le marché, et, bien que
la neige couvrît la terre à une grande épaisseur, il se
décida néanmoins à les envoyer à Shrewsbury.

Ce voyage n'était pas du goût des conducteurs qui ne
cachaient pas leur mauvaise humeur et ne se faisaient
pas faute de murmurer sourdement; l'un d'eux alla
jusqu'à jurer par Saint Dafydd et le Diable qu'il ne
voulait pas exposer sa vie pour l'amour d'un tas de
brutes comme ce troupeau : « Si M. Pearson a besoin
de les vendre, » ajouta-t-il d'un ton colère, « qu'il
s'en charge en les conduisant lui-même ! »

On le congédia sur-le-champ, et sa place me fut
donnée à la grande joie de M. Pearson qui était bien
aise de profiter de l'occasion qui se présentait pour me
témoigner tout l'intérêt qu'il me portait en me char-

geant d'un travail fatigant et dangereux pendant une
saison aussi rigoureuse.

Mais je m'étais fait une règle absolue de ne jamais
reculer devant ce que je considérais comme un devoir
de ma charge : celui d'obéissance passive envers le
maître que je servais, et en même temps de ne jamais
laisser voir sur mon visage le déplaisir que certains
travaux arbitrairement imposés pouvaient me causer.

Aussi, montant à cheval et sifflant mon chien, je
pris, sans aucune mauvaise humeur apparente, la
tête du troupeau, tandis que mes hommes, intimidés
par l'acte de vigueur de l'intendant, se mettaient en
marche à leur tour sans prononcer une parole.

Il avait tombé, pendant la nuit précédente, une
grande quantité de neige, et le ciel avait encore un
aspect menaçant et sombre ; mais le vent continuait à
souffler avec force, et empêchait ainsi la neige de
tomber.

Shrewsbury était éloigné d'environ une soixantaine
de milles.

La première partie du trajet se faisait à travers les
montagnes, en suivant une route tracée à une grande
hauteur au-dessus de la voie publique et ainsi exposée
à tous les vents.

Nous nous trouvions fortement incommodés par les
tourbillons de neige que soulevait la rafale ; mais enfin, après des difficultés courageusement supportées,
nous réussîmes à conduire le troupeau sur une route
plus facile, et bientôt nous arrivions sains et saufs à
Shrewsbury, et assez tôt pour la foire.

Je ne tardai pas à me débarrasser de mon troupeau,
et cela à un bon prix, par suite du mauvais temps que
beaucoup de vendeurs n'avaient osé affronter en pré-
férant rester chez eux.

J'avais pour habitude, aussitôt mes affaires terminées — ce qui, selon les circonstances, demandait plus ou moins de temps, — de me rendre dans une rue située près de Saint-Clément's hill où habitait une jeune fille que j'aimais à l'adoration.

Sa mère, qui était veuve, tenait une petite boutique d'épicerie et de mercerie; là, j'étais toujours sûr d'être bien accueilli par les deux femmes, mais surtout par la fille, belle brune aux yeux noirs qui répondait au doux nom de Marie.

Ayant placé dans mon portefeuille à fermoir en acier le montant de la vente du troupeau, je me mis alors, tout en marchant, l'esprit libre de tout souci, à songer à Marie Evans, et aussi, l'avouerai-je ? au savoureux dîner qu'on ne manquait jamais de préparer à mon intention, chaque fois que mes affaires me conduisaient à Shewsbury.

Je pensais encore qu'un bon verre de l'excellent rhum qu'on tenait en réserve pour les amis ne serait pas de trop par un temps aussi froid; et, sous l'impression de ces idées plus ou moins sentimentales, je traversai rapidement la place du marché, et me dirigeai vers Saint-Clément's hill.

Mais tout à coup, à ma grande surprise, je m'aperçus que mon fidèle Blainor n'était pas à mes côtés; depuis quand ? Je n'aurais su le dire, mes occupations ayant absorbé toutes mes facultés, et, par suite, m'ayant empêché de porter mon attention sur toute autre chose.

Je le sifflai et l'appelai, mais en vain, et ma première pensée fut qu'il avait été volé, tout en me demandant comment on avait pu l'emmener malgré lui; car, je crois l'avoir déjà dit, il était d'un naturel féroce envers les étrangers, et son attachement pour moi n'avait pas de bornes. C'étaient autant d'obstacles à le faire disparaître. Je m'inquiétai auprès des uns et des autres ; personne ne l'avait vu, sinon avec moi à mon arrivée sur le champ de foire, mais sans s'en préoccuper autrement.

En y réfléchissant, il me vint à l'idée qu'il avait sans doute pris le chemin de l'auberge où je laissais habituellement mon cheval, ou bien encore celui de la maison de la veuve Evans, les seuls endroits que je fréquentais à Shrewsbury. Alors, plus tranquille à cette pensée, je changeai de direction, et je me rendis au « Soleil-Levant », où je fis connaître à l'aubergiste étonné le motif qui me ramenait chez lui plus tôt qu'à l'ordinaire.

Nous nous trouvions dans la cuisine.

Près de la cheminée, se tenait un homme que, tout d'abord, je n'avais pas remarqué en entrant, et qui, tout à coup, se tournant vers moi me dit : « Excusez-moi, monsieur, si je me permets de me mettre en tiers dans votre conversation mais j'ai cru comprendre que vous étiez à la recherche d'un chien perdu ou volé... le vôtre sans doute ? » Et l'inconnu ajouta : « Le chien que j'ai aperçu, il y a une heure environ, est de forte taille, et porte une étoile blanche sur le milieu du front.

» Je ne l'aurais sans doute pas remarqué, si la difficulté que semblait éprouver son conducteur à le faire avancer, en tirant sur une grosse corde qu'on lui avait passée autour du cou, n'avait pas d'abord attiré mon attention sur l'homme et la bête pour arriver à cette conclusion, que ce chien pouvait bien ne pas suivre son véritable maître...

» Mais il doit être loin maintenant, j'en réponds... »

Il y avait dans la physionomie de cet homme, et dans ses manières, quelque chose que je ne pouvais définir, mais qui me causait — malgré moi — une impression désagréable, une répulsion instinctive; il m'était d'ailleurs complètement inconnu.

Mais, quoi qu'il en soit, je n'avais aucun motif sérieux pour me montrer impoli à son égard, et je m'empressai de le remercier.

D'après son costume, qui se composait d'un vêtement en poil de chèvre très ample, d'un pantalon de couleur sombre retenu par une ceinture de cuir, d'un chapeau à larges bords qui lui cachait en partie le visage, et enfin de bottes qui lui montaient jusqu'aux genoux, on pouvait aisément le prendre pour quelque fermier des environs...

Je quittai enfin l'hôtel, en essayant de surmonter la vive contrariété que me faisait éprouver la disparition inexplicable de mon fidèle Blainor, et je ne tardai pas à atteindre la maison de la veuve Evans, espérant encore, sans grande certitude cependant, le retrouver auprès d'elle.

Je frappai doucement à la fenêtre du salon, et, presque aussitôt, Marie — ainsi qu'elle en avait l'habitude — vint m'ouvrir la porte.

— « Eh ! quoi, c'est vous, Morgan ! s'écria la jeune fille en tendant la main. Qui aurait pu supposer vous voir aujourd'hui, par un temps pareil, et à une heure aussi avancée ? Car, si je ne me trompe, deux heures viennent de sonner à l'instant, à l'horloge de Saint-Chad. Mais entrez donc, et venez vous réchauffer; il ne fait pas bon aujourd'hui à rester au dehors, et expliquez-moi vite ce qui vous a retenu si longtemps sur le marché.

Je n'avais garde de me faire prier, et je pénétrai

bientôt avec elle dans le gentil petit salon de Mistress Evans. »

On me fit asseoir devant un feu brillant, et Marie, dont les beaux yeux noirs rayonnaient en me regardant, prit place à mes côtés.

Je racontai alors en quelques mots la cause de mon retard, ce qui surprit étrangement les deux femmes attentives à mon récit.

L'intervention de l'inconnu leur causa non moins d'étonnement... puis elles essayèrent de me consoler de la perte supposée de leur favori, qu'on reverrait bientôt — elles l'affirmaient...

Je finis par partager leur manière de voir et ne tardai pas à oublier — du moins pour le moment — Blainor, son absence momentanée et l'homme entrevu au « Soleil-Levant... »

Comment d'ailleurs aurais-je pu penser à autre chose, en présence de la femme aimée ? de Marie, aussi bonne que belle et non moins folle de moi ! Tous les deux nous étions jeunes alors, et insouciants de l'avenir — car le présent nous appartenait plein de promesses dorées...

Ce fut ma première femme, mon unique amour en ce monde ; longtemps, je pus jouir d'un bonheur parfait que ne vint jamais troubler le moindre nuage, et quand il plut à Dieu de la rappeler à lui, il me semblait encore n'être qu'au début de la vie, dans ce petit salon de Saint-Clément's hill, où, pour moi comme pour elle, s'étaient écoulées, rapides, tant d'heures joyeuses, les plus douces qu'on puisse rêver, hélas! aujourd'hui pour toujours disparues !...

. . . .

Le temps, inflexible dans sa marche, ne s'arrête pour personne ; je m'en aperçus tout à coup, en

entendant sonner quatre heures à l'horloge de l'église
voisine.

J'avais pour m'en retourner une longue route à
faire, et il y avait dans l'air tous les symptômes d'une
tempête de neige pour le soir...

En toute autre circonstance, il m'eût été facile de
retarder d'un jour ma rentrée à Tal y gareg ; mais
dans l'état présent, je ne pouvais oublier que j'avais
des affaires importantes à terminer en passant à
Welchpool où j'étais attendu le lendemain de bonne
heure.

Il me fallait donc, bon gré mal gré, partir immédiatement, si je ne voulais pas encourir à mon arrivée
des reproches mérités que je tenais à éviter à tout
prix.

Marie fit ses efforts pour me retenir : « Voyez, me
disait-elle, en me pressant doucement les mains,
comme le temps devient sombre et menaçant... la
nuit sera terrible... mes pressentiments ne sauraient
me tromper... et puis, Morgan, les chemins sont si
mauvais... et l'air est si froid !... Morgan, je vous en
prie, ne résistez pas à ma prière ; ne vous mettez pas
en route ce soir... »

— Cela m'est impossible, vous le savez, Marie ;
n'exigez pas de moi ce sacrifice, bien qu'il me soit pénible de vous le refuser : je vous le répète, à regret,
je suis attendu, je serai exact au rendez-vous...

« D'ailleurs, que craignez-vous ? la neige, le vent, que
sais-je ? mais à tout cela, je suis habitué depuis mon
enfance, et les sentiers de la montagne n'ont pas de
secret pour moi : tranquillisez-vous donc, chère âme,
aucun danger ne me menace de ce côté-là, du moins ;
et, enfin, vous le dirai-je ? n'ai-je pas avec moi le
meilleur des talismans : votre doux souvenir qui ne

me quittera pas, et votre image chérie qui viendra
éclairer ma route et me préservera de tout accident... »

— Comment pourrais-je vous résister, méchant en-
têté ! allons, partez; mais auparavant, laissez-moi
vous mettre au cou quelque chose de plus chaud, car
le froid est glacial.

Et alors la charmante enfant m'accompagna jusqu'à la porte en me souhaitant un bon voyage.

— Que Dieu vous bénisse, Marie, lui dis-je d'une
voix que l'émotion faisait trembler.

— A bientôt et au revoir ; que Dieu vous protège et
vous conduise heureusement au port... à bientôt,
Morgan.

Et la porte, doucement, se referma sur moi.

Je me dirigeai rapidement vers le *Soleil-Levant*, pour
y prendre mon cheval, et au moment où il sortait de
l'écurie, l'inconnu du matin entrait dans la cour.

Il s'arrêta en me voyant, et, aussitôt, touchant légèrement les bords de son chapeau, il se dirigea à son
tour vers l'écurie.

Il n'y avait, dans cette rencontre fortuite, rien de
bien extraordinaire, assurément ; cependant je ne pus
me défendre d'une certaine inquiétude, sans pouvoir
en définir la nature ; c'était une vague appréhension
que cet homme, entrevu pour la seconde fois, devait,
un jour ou l'autre, exercer sur ma destinée une influence néfaste !...

Mon imagination, un peu surexcitée par les fatigues
du voyage en pareille saison, et sous l'empire de
pensées diverses, se livrait à mon insu à mille rêves
extravagants... et c'est alors que je regrettai sincèrement, dans mon égoïsme, l'absence de mon fidèle
Blainor, qui m'avait toujours accompagné chaque fois
que je quittais Shrewsburg.

Et pourquoi ne l'avouerais-je pas? je ne me sentais rien moins que rassuré en songeant à la longueur du chemin que j'avais à parcourir, seul, au milieu de la nuit noire et glaciale qui m'enveloppait!

Ce n'était pas, en effet, chose rare à cette epoque, d'apprendre que des fermiers avaient été dévalisés en revenant isolément de la foire, et je n'étais pas sans me rappeler aussi, en frissonnant, que des assassinats même, dont les auteurs étaient restés inconnus, avaient été commis en différents endroits du pays que j'avais à traverser...

Cependant, peu à peu, je finis par réagir sur moi-même, et j'envisageai avec plus de sang-froid ma situation présente qui, après tout, n'avait rien de désespéré.

Je vérifiai avec soin l'amorce de mes pistolets, et, plus tranquille, je poussai mon cheval en avant, aussi vite que les circonstances le permettaient.

J'avais à peine fait quelques milles, que la tempête qui pendant toute la journée s'était tenue dans les hauteurs, commençait à donner des signes non équivoques de son approche vers la terre.

Le vent avait encore de la force; mais il avait changé de direction; et maintenant il chassait en rafales les nuages sombres et lourds, en laissant passer par intervalles entre eux quelques flocons de neige qui dérivaient aussitôt emportés dans toutes les directions : c'était un indice absolument certain d'une tempête de neige, et comme j'avais pris une route plus courte qui serpentait au milieu des « Breiddin hills », j'allais être vraisemblablement exposé à toute sa violence et à un danger inévitable ; car la partie la plus difficile de la route n'était pas encore franchie, et malgré tous mes efforts, je n'avançais que lentement.

Arrivé à peu près à moitié chemin, la tempête, qui

avait été si lente à couver, éclata subitement avec une violence inouïe : le vent, en s'engouffrant dans les ravins, avait des intonations lugubres, tout en soulevant, en nuages épais, la neige qui tombait, en gros flocons, sans discontinuer, en me fouettant le visage et m'aveuglant ..

Je me trouvais dans une position des plus critiques, je ne pouvais me le dissimuler plus longtemps.

Je poussai un profond soupir en pensant à celle que sans doute je ne devais plus revoir, puis m'enveloppant le mieux possible de mon manteau de voyage, j'essayai de faire tête à l'ouragan en excitant du geste et de la voix ma monture que je sentais trembler sous moi :

Mais pour comble de malheur, au moment où j'allais pénétrer dans un bois que je venais d'apercevoir à quelque distance, le pauvre animal épuisé tomba et se blessa au genou, et si grièvement, qu'il m'était impossible d'utiliser ses précieux services.

Je ne pouvais prévoir un tel accident, et comme la nuit était en ce moment très sombre, cet événement inattendu qui pouvait avoir pour moi les plus terribles conséquences, me mettait dans le plus grand embarras.

Et maintenant, qu'allais-je faire du blessé ? J'étais très perplexe, et contrarié au dernier point, lorsque, heureusement, je crus me rappeler confusément pour l'avoir entendu dire, qu'il y avait non loin de l'endroit où je me trouvais une sorte de hutte grossière qui avait été élevée autrefois par les pâtres de la montagne où ils venaient accidentellement y chercher un abri momentané.

Je ne m'étais pas trompé : car après avoir erré quelque temps, à l'aventure, au milieu du bois, je finis par trouver, non sans peine, ce que je cherchais : c'était une sorte de masure ouverte à tous les vents : la couverture était cependant à peu près intacte ; et mieux valait encore y conduire mon cheval, que de laisser le pauvre animal exposé à recevoir la neige qui tombait sans discontinuer.

Rassuré de ce côté, je songeai à mon tour à me mettre en quête d'un abri moins primitif : j'étais, en effet à bout de force, et passer la nuit dans cette masure n'était pas une perspective bien agréable !... D'ailleurs, il me fallait, coûte que coûte, une autre monture pour regagner, le jour venu, le rendez-vous qui m'avait été assigné, et auquel, en dépit des événements qui à la rigueur pouvaient me servir d'excuse, je ne voulais pas manquer.

Je m'enfonçai dans le bois, que je parcourus fiévreusement, aveuglé par la neige, les pieds froids, les mains glacées, et trébuchant à chaque pas... Désespéré, j'allais enfin renoncer à mes recherches, lorsque tout à coup je crus apercevoir au loin une petite lumière scintillant à travers les arbres...

Je poussai un cri de joie, et, reprenant courage, je me dirigeai aussi vite que possible dans cette direction.

Je ne tardai pas à me trouver bientôt en présence d'une maison isolée, dont l'aspect n'avait rien de bien rassurant ; tout était fermé, et si ce n'eût été la lumière qui filtrait à travers un des volets mal joints, on eût pu croire qu'elle était depuis longtemps abandonnée..... Néanmoins, sans hésitation, je frappai rudement à la porte, tout en appelant à haute voix...

Mais quelle ne fut pas ma surprise d'entendre au même instant des aboiements bien connus !... C'étaient ceux de mon fidèle Blainor ! Certes, je ne pouvais en douter.

Cependant, à peine avais-je eu le temps de revenir de l'étonnement où venait de me plonger ce nouvel incident, que la porte s'ouvrit brusquement, et, sur le seuil, je crus reconnaître, — nouvelle surprise — l'inconnu du matin qui, tenant d'une main une chandelle allumée, retenait de l'autre un des battants de la porte — comme quelqu'un n'ayant qu'une médiocre confiance dans la venue, à cette heure indue, d'un étranger...

Son hésitation à me donner accès à l'intérieur n'eut pourtant que la durée d'un éclair; soit qu'il eut des motifs particuliers de s'assurer que j'étais bien le voyageur attendu, soit pour tout autre motif, il me fit signe d'entrer en s'effaçant poliment.

Je ne pus, alors, m'empêcher de remarquer l'air gauche et embarrassé qu'il avait en me souhaitant la bienvenue...

Ce ne fut que plus tard...

Mais n'anticipons pas.

Tout d'abord, ma première pensée, en entrant, fut de jeter un coup d'œil circulaire dans la pièce où j'avais été introduit : mon chien, que je croyais y retrouver, n'y était pas ; et, cependant, j'étais convaincu qu'il devait être dans cette maison — ou, du moins, ses aboiements m'avaient semblé trop rapprochés pour qu'il me fût permis de me tromper dans mes conjectures ; dans tous les cas, il ne devait pas être très éloigné...

Mon hôte me fit asseoir au coin du feu, et alla chercher de la viande froide, du pain et une bouteille de whisky qu'il plaça sur une petite table, devant moi, en s'excusant de ne pouvoir faire davantage.

— « Vous le pouvez, lui repondis-je, en m'accordant un abri pour la nuit. »

14

-- « Qu'à cela ne tienne, me répondit-il avec empressement ; j'ai en haut une chambre inoccupée — peu luxueuse, il est vrai, — mais que, telle qu'elle est, je suis heureux de pouvoir mettre à votre disposition.

» J'ai avec moi — il est vrai — ce soir, quelques amis auxquels cette chambre avait été destinée ; mais ne vous en inquiétez pas, ils coucheront aillleurs.

Je ne pouvais faire autrement que de le remercier, et, pour la seconde fois, j'étais son obligé, malgré mes ridicules préventions à son égard...

Cependant je n'étais pas tranquille.

Je mangeai, néanmoins, de bon appétit, et bientôt, sentant le sommeil me gagner, je montai l'escalier qui conduisait à ma chambre, précédé de mon hôte qui m'éclairait et qui, après m'avoir souhaité une bonne nuit, se retira.

Mon premier soin, une fois seul, fut d'enlever mes pistolets de ma ceinture, et de les placer sur la petite table de chêne qui était près de moi ; puis je les examinai avec soin, en constatant avec plaisir que les amorces n'avaient nullement souffert de l'humidité ; cela fait, je parcourus des yeux la pièce où je me trouvais.

A l'une des extrémités, et touchant presque la porte, il y avait un lit qui, à tout hasard, pouvait servir à une ou deux personnes ; au pied du lit était un cabinet dont la porte était fermée... à l'autre extrémité était la fenêtre ; et le lit, la table et deux chaises, composaient tout l'ameublement de cette pièce.

Après avoir procédé à cet examen sommaire, j'allai m'asseoir sur une chaise que j'approchai de la table où je m'appuyai la tête, car j'avais l'intention de ne pas me mettre au lit, bien que très fatigué, et tombant de sommeil. J'étais à peine depuis quelques ins-

tants dans cette position, que je crus entendre un
léger bruit à la porte : je me levai précipitamment et
j'allai ouvrir.

Ma joie ne saurait alors se décrire en apercevant,
alors, mon fidèle Blainor qui, d'un bond, se jeta sur
moi, me léchant le visage et manifestant, à sa façon,
tout le plaisir que la pauvre bête semblait éprouver à
revoir son maître aimé.

Oh! je ne craignais plus rien, désormais, car j'avais
près de moi le meilleur des défenseurs — un terrible
auxiliaire en cas d'attaque... D'abord, il se coucha à
mes pieds, selon sa coutume, mais il se releva bientôt
en manifestant une certaine inquiétude, et fit plusieurs
fois le tour de la chambre en furetant partout ; — puis,
tout à coup, je le vis s'arrêter devant la porte du cabinet où il resta quelques instants en flairant. Enfin il
revint vers moi et se mit à me regarder fixement,
comme s'il eût voulu m'inviter à venir avec lui examiner ce que contenait ce cabinet.

Il m'était impossible de ne pas comprendre ce langage muet, et, à la fois, si expressif. Je pris la bougie,
et, après quelques difficultés, la porte mal fermée
s'ouvrit...

Mais, à peine étais-je entré, que je reculai d'horreur
et d'épouvante, en étouffant un cri prêt à m'échapper ;
et aujourd'hui encore, je ne puis y songer sans frémir :
sur le plancher, on pouvait voir d'énormes taches de
sang coagulé, et, dans un coin, jetés pêle-mêle, des
vêtements déchirés et tachés en différents endroits,
un chapeau de montagnard, et, non loin, un énorme
couteau que le sang avait rouillé.

Il s'échappait de ce réduit sans fenêtre une odeur
fade, impossible à définir... Je sortis précipitamment
en refermant la porte derrière moi, tandis que mon

chien continuait à me regarder fixement, en faisant entendre un hurlement plaintif; son regard intelligent semblait m'engager à me tenir sur mes gardes; — hélas! je ne le comprenais que trop — et comme je le caressais en lui imposant le silence, il se rapprochait encore de moi, comme pour me dire : « Ne crains rien, cher maître; je suis là, je ne te quitterai plus, et je saurai bien te défendre. »

Cette affreuse découverte m'avait bouleversé; je me mis à réfléchir sur le parti que j'avais à prendre au plus vite, pour me soustraire à la mort horrible qui me guettait...

Mon parti fut bientôt pris : c'était de quitter, à l'instant, et à tout hasard, cette caverne de bandits, et, dans ce but, j'allai vers la fenêtre pour m'assurer, s'il était possible, en l'escaladant, de m'échapper sans être vu; mais je m'aperçus bien vite que, de ce côté, toute chance de fuite m'était refusée, car elle donnait sur un ravin profond, et d'ailleurs elle était garnie, à l'extérieur, de solides barreaux de fer, que je ne pouvais songer à desceller.

Cependant, cela me servit à faire une découverte qui, dans la circonstance critique où je me trouvais, dénotait que le calme et le sang-froid ne m'avaient pas complètement abandonné; à savoir que la tempête avait diminué de violence, vers l'Ouest, ce qui présageait son apaisement prochain. Alors, j'ouvris doucement la porte et j'écoutai, anxieux, ce qui se passait à l'étage au-dessous.

A mon grand regret, il me fut impossible, de prime abord, de saisir le sens exact des paroles prononcées au milieu du bruit des verres et des éclats de voix de plusieurs personnes parlant toutes à la fois.

Cependant, ayant descendu quelques marches, je

crus comprendre, au bout d'un instant, qu'il était question de moi. Je redoublai d'attention.

Les uns voulaient simplement s'emparer de mon portefeuille, et me laisser poursuivre mon voyage, pourvu que je prisse, envers eux, l'engagement sous serment de ne pas dénoncer le vol; d'autres, plus acharnés, — et parmi ceux-ci la voix de mon hôte était reconnaissable — ne demandaient rien moins que de me faire disparaître par le couteau : « Les morts seuls ne parlent pas! et .qui saura jamais ce qu'est devenue la vieille carcasse de cet imbécile? » ajouta-t-il d'un ton qui, malgré moi, me fit frissonner, pendant que la sueur inondait mon front brûlant. « Ses meilleurs amis penseront, raisonnablement, qu'il a péri pendant la tourmente, et, certes, ce n'est pas lui qui viendra les démentir! » Horrible plaisanterie qui fut accueillie par un éclat de rire général...

— « Oui, c'est cela, tuons-le! » s'écria alors une voix que je n'avais pas encore entendue; « tuons-le! Et pourquoi? parce que c'est un homme de cœur, brave et courageux? Cela ne vous suffit pas, suppôts de l'enfer, de dévaliser ce pauvre diable, cette honnête victime de l'infâme Pierson, sans tremper nos mains, chaudes encore du meurtre de *l'autre*, dans le sang de ce jeune homme? Quant à moi, je ne serai jamais avec vous pour faire une telle besogne... Une fois n'est pas coutume; et puis, qui vous dit que ce nouveau crime ne serait pas, tôt ou tard, découvert et demeurerait impuni?... Je tiens à ma tête, avant tout, moi, et à ne faire connaissance que le plus tard possible avec la corde qui vous attend tous un jour ou l'autre, je vous le prédis... »

Cette déclaration fut suivie d'un tumulte indescriptible qui ne semblait pas près de finir; je songeai aus-

sitôt à en profiter en devançant l'attaque, qui, selon
toute apparence, devait l'emporter, au mépris des con-
sidérations en ma faveur, apportées dans le débat par
l'inconnu. Hésiter plus longtemps, c'était ma perte
inévitable : en conséquence, je rentrai aussitôt dans
ma chambre, je pris un pistolet de chaque main, et,
prêt à faire feu, je descendis à pas de loup, en rete-
nant ma respiration, les marches de l'escalier, tout en
faisant signe à mon chien de me suivre en silence.

Cependant, pour pouvoir m'échapper, il me fallait
absolument traverser la cuisine où se tenaient en ce
moment mes assassins qui continuaient à se disputer
entre eux...

Je fis appel à tout mon courage, j'adressai mentale-
ment un dernier adieu à ma fiancée, et, fort — car
j'allais combattre pour ma vie et ma liberté — je conti-
nuai à descendre l'escalier, sans bruit, toujours suivi
de Blainor attentif et muet.

Arrivé à la dernière marche, je m'arrêtai un instant
afin de reconnaître la position de mes adversaires :
tous les quatre étaient assis devant la cheminée, tournant le dos à la porte, et continuant à se quereller à
mon sujet ; mon hôte se faisait surtout remarquer par
la véhémence de son langage et son obstination à demander ma mort immédiate... Une chandelle à moitié
consumée brûlait lentement sur la table, en jetant
dans la salle enfumée une lueur blafarde qui favori-
sait mes projets, en me permettant de tout voir sans
être vu, et, le moment venu, de frapper à coup
sûr...

Je regardai mon chien : ses yeux flamboyaient dans
l'ombre, et ses énormes crocs eussent fait reculer les
plus braves.

Alors, sans hésiter, je me précipitai dans la cuisine,

en criant : « A moi, Blainor! défends-moi! »... Puis
je lâchai mes deux coups de pistolet...

Un horrible cri se fit entendre... la lumière, accidentellement ou non, s'éteignit subitement, mais pas
assez tôt pour m'empêcher d'apercevoir l'un des bandits étendu à la renverse sur le plancher qu'il inondait de son sang.

Le feu de la cheminée n'était pas encore éteint, et
il m'était facile, d'où j'étais, d'assister, impassible, à
l'horrible scène qui se déroulait devant mes yeux :
c'étaient des ombres que la surprise et l'épouvante
avaient affolées, qui luttaient en désespérées, courant
çà et là en renversant les chaises, la table, et cherchant
à se soustraire aux cruelles morsures de mon chien
qui, au bruit du pistolet, n'avait fait qu'un bond jusqu'au foyer, et qui, sans pitié, féroce, acharné, enfon-
çait ses redoutables crocs dans la chair des bandits
bientôt couverts de sang, et les vêtements en lambeaux... et dont j'entendais les hurlements de bête
fauve, les horribles blasphèmes, arrachés à leur rage
impuissante et à la douleur...

Malgré moi, j'éprouvais une sensation impossible à
décrire : c'était à la fois un mélange de pitié et de
joie folle qu'aujourd'hui encore je ne puis m'expliquer.

Cependant, il n'eût pas été prudent de tenter plus
longtemps la divine Providence et de ne pas profiter
immédiatement de ma nouvelle situation, celle de fuir
sans danger cet enfer, pendant que je disposais d'une
occasion inespérée; je me glissai donc, inaperçu, vers
la porte que j'ouvris brusquement ; j'appelai mon
chien qui m'obéit comme à regret, et quelques instants
plus tard, courant à perdre haleine, j'étais déjà loin,
car la tempête avait cessé, et la lune, dégagée des
nuages opaques qui l'avaient obscurcie jusqu'alors, je-

tait maintenant sur la terre toute blanche une clarté
suffisante pour que, sans hésitation, il me fût possible
de m'orienter et sortir du bois.

Derrière moi régnait un profond silence.

Je ne m'arrêtai qu'en apercevant bientôt une ferme
à l'entrée de la route, où, haletant, couvert de sueur,
je pénétrai à demi mort...

Mon premier soin fut de raconter brièvement, au
fermier qui écoutait avec toutes les marques du plus
vif intérêt et de la plus grande surprise, le récit de
mes aventures de la nuit, et je le priai, en terminant,
de vouloir bien me prêter main-forte, pour m'aider à
m'emparer — s'il en était temps encore — des misérables qui avaient failli m'assassiner.

Le fermier était un ancien soldat vigoureux et éner-
gique, et qui accueillit ma demande avec le plus
louable empressement.

Quelques instants lui suffirent à rassembler ses
hommes et à les armer; puis notre petite troupe, com-
posée de huit forts gaillards déterminés, se dirigea
sans plus tarder vers la maison que je venais de quitter d'une façon si dramatique.

La porte était restée entr'ouverte; j'entrai, précédé
de Blainor et suivi de mon escorte.

Là, j'aperçus tout d'abord mon hôte étendu sans
mouvement près du foyer où il s'était traîné; le sang
coulait lentement de deux blessures au cou et à
l'épaule; je m'approchai, malgré ma répugnance. Le
malheureux respirait encore, et ne tarda pas, après
quelques soins, à reprendre connaissance.

Non loin, sous la table renversée, et au milieu de
bouteilles et de verres cassés, je découvris ses deux
complices, morts étranglés, et dont les blessures faites
par mon chien étaient horribles à voir...

Quant à l'autre, il avait disparu, et jamais plus on n'en entendit parler.

Je revins auprès du blessé qui, d'une voix faible, avoua que les vêtements que j'avais entrevus, dans le cabinet attenant à ma chambre, provenaient d'un colporteur qu'ils avaient assassiné un mois auparavant pour le voler; il ajouta — ce que je savais — que pareil sort, depuis longtemps, m'était réservé, et l'on n'attendait qu'une occasion propice, à mon retour de la foire, pour mettre ce projet à exécution.

Dans ce but, l'un d'eux s'était chargé d'emmener mon chien qu'on avait renfermé dans la cave, mais qui, néanmoins, avait pu s'échapper — heureusement pour moi.

Cette confession achevée, non sans peine, avait enlevé au blessé le peu de forces qui lui restaient; j'allai chercher un matelas sur lequel on l'étendit; la porte de la maison fut refermée avec soin, et alors, à l'aide d'un brancard improvisé à la hâte, notre prisonnier fut transporté, mourant, à la ville voisine, et remis entre les mains de la justice.

Il guérit cependant, grâce à sa robuste constitution; mais alors il parut en jugement, fut condamné à mort et exécuté deux mois après son arrestation.

UN SALON DE PARIS EN 1827

— « Eh ! quoi, encore des voitures ! » s'écria Géraldine Conway, en s'adressant à son partenaire, au moment où il allait finir son brillant quadrille auquel prenaient part une foule de danseurs pendant le dernier bal que donnait à la fin de la saison la vicomtesse de M... « Si Mme de M... arrive à connaître tout Paris, ce n'est pas une raison de l'amener ici le même soir. »

— « Je partage complètement votre avis, miss Conway, » fit son cavalier, un jeune Irlandais, depuis peu émancipé du collège ; « une division judicieuse de ses forces eût donné, certes, infiniment plus de crédit à sa sagacité.

— « Quelle figure angélique ! » reprit Géraldine, tandis que son regard était attiré vers une jeune femme qui se tenait près d'elle, appuyée sur le bras d'un homme âgé, dont la joue balafrée et la poitrine couverte de décorations disaient assez les honorables états de service.

— « C'est le visage d'une statue, » répliqua Lucius O'Connor, en considérant longuement, à son tour, la jeune femme d'un œil curieux ; « une de ces figures

qui arborent une pâleur se jouant des ans, si je puis
m'exprimer ainsi, et sur laquelle est visiblement écrit :
« Mon âme est pour moi un royaume. » Un visage qui
repousse les avances ; et, quant à moi, je ne me sens
nullement disposé à essayer d'en forcer l'entrée. »

— « J'avoue être plus curieuse, » répondit Géraldine,
car je suis toujours tentée « d'explorer » le royaume
qui est tout-puissant pour celui auquel il appartient ;
ceux-là seulement qui ont peu ou point d'amusements
chez eux les cherchent au dehors. »

— « J'admets la justesse de votre observation dans
certains cas, peu nombreux, il est vrai, fit O'Connor ;
mais le plus souvent ceux qui ont le pouvoir de s'amuser eux-mêmes ou d'amuser les autres sont assez généralement satisfaits de le faire voir ; la vérité inhé-
rente à la nature humaine permet rarement, du
moins à une Française, de mettre ses talents sous le
boisseau. »

— « Il vaut mieux dire qu'elle souhaite plaire, » interrompit Géraldine ; cette vanité née avec elle et cultivée
avec ardeur dès le berceau ne saurait lui permettre
de ne pas l'utiliser, quelle que soit sa force de caractère ; mais il me semble, monsieur, que vous vous
trompez en ne lisant que la page du titre, qui, pour
moi, promet beaucoup. »

— « En vérité, mademoiselle, vous me donnez envie
de m'attaquer à l'individualité en question ; je vais
l'inviter pour la prochaine danse, et mettre aussitôt le
siège devant le château de son âme ; nous verrons bien
si ce sage gouverneur tiendra longtemps contre l'im-
pétuosité de l'attaqué. Quels que soient les moyens
employés pour y parvenir, je ne doute pas que vous
n'encouragiez mes efforts ? »

— Oui, et en vous souhaitant une riche compensa-

tion pour vos peines, répondit Géraldine en souriant ;
« cependant, je crois découvrir dans ses yeux un je ne
sais quoi qui indique que le stratagème, s'il était habilement conduit, serait encore le meilleur moyen d'obtenir l'entrée de la citadelle : les murailles sont de
diamant et résisteront à tous vos efforts. »

— « Je profiterai de l'avis, » fit O'Connor en s'éloi-
gnant, après avoir reconduit la jeune fille à sa place.

Dans l'intervalle, le vieux chevalier et sa compagne,
ayant profité d'un temps d'arrêt dans les danses pour
passer dans une autre pièce, le jeune Irlandais, qui
n'avait pas tardé à s'apercevoir de leur disparition, se
mit aussitôt et avec ardeur à leur poursuite.

Cependant la température de la salle de bal, où les
quadrilles continuaient à se succéder sans interruption,
devint enfin si élevée que Géraldine s'empressa d'accepter la proposition de sa mère, d'aller faire un tour
dans les salons, à la recherche d'une fenêtre ouverte,
et d'un air plus pur.

Elles y réussirent, en pénétrant dans une salle de
jeu qui donnait sur les jardins, et, là, s'arrêtèrent un
instant en jetant un regard autour d'elles.

Dans les deux coins opposés de cette pièce se trouvaient deux tables de whist autour desquelles régnait
un silence solennel ; les joueurs, complètement inconscients de toute autre chose que des cartes sur lesquelles étaient rivés leurs regards profonds, formaient
un curieux contraste avec la gaieté bruyante qu'on remarquait à la table d'écarté placée au centre, où se
trouvait assise la vicomtesse de M..., la maîtresse de
maison, entourée d'une foule d'invités de tous les âges,
dont les gestes vifs et désordonnés, les transports de
joie multipliés, prouvaient assez combien les excita-
tions du jeu avaient d'attraits pour eux.

A une quatrième table, séparée des autres et couverte de livres et de gravures, qu'éclairait une simple lampe, se tenait quelqu'un vers qui une attraction irrésistible conduisit notre héroïne, tandis que sa mère s'approchait du groupe animé formé autour de la table d'écarté; c'était la jeune Française qu'elle avait remarquée dans la salle de bal une heure auparavant et dont la solitaire distraction était aussi singulière que sa personne était charmante.

Elle ne bougea pas à l'approche de Géraldine et ne leva pas non plus les yeux de dessus une grande lithographie peinte étendue devant elle.

C'était une de ces magnifiques gravures qui faisaient partie d'une collection publiée alors sous le nom de « galerie du Musée », où se trouvaient réunies les copies des peintures les plus remarquables du Louvre.

Celle que l'inconnue examinait en ce moment était l'entrée triomphale de Henri IV à Paris, gravure d'une exactitude et d'une finesse d'exécution merveilleuses.

Géraldine, ayant essayé d'attirer l'attention de la jeune femme sans y réussir, finit par retirer doucement la lampe, et, comme elle s'y attendait, la belle absorbée leva la tête et fixa ses grands yeux bleus sur les siens.

Les traits de l'inconnue possédaient cet ovale de la jeunesse qui est particulier aux Françaises en général; la chair uniformément rosée était repartie également et avec une délicatesse extrême sur un moule d'une grâce si exquise, que son amoindrissement n'aurait pu qu'apporter des changements sans nuire à sa beauté.

Ses vêtements étaient d'un blanc uni; elle n'avait, pour toute parure, qu'une simple rose, à moitié cachée dans sa chevelure épaisse, lui donnant cet éclat brillant qui varie entre le brun et l'or, suivant les effets de lumière venant les éclairer.

Mais le principal attrait de sa physionomie consistait surtout dans les yeux si clairs, si francs et d'une éloquence telle, qu'en les tournant vers Géraldine, il n'était pas besoin que ses lèvres vinssent ajouter quelque chose à leur souriante question de surprise.

— « Pardonnez-moi, » fit Géraldine, « mais je ne saurais trop admirer votre préférence pour ce petit coin tranquille et hospitalier à la foule, au bruit et à la chaleur qui, là-bas, y rendent insupportable un séjour trop prolongé! »

La jeune inconnue, d'un geste gracieux et enjoué, mit un doigt sur ses lèvres, mais ne répondit pas.

Géraldine chercha vainement autour d'elle les motifs de ce silence. Le vieux chevalier, il est vrai, était là auprès de la table d'écarté, et selon tout apparence, très intéressé à ce qui s'y passait; mais rien ne faisait supposer qu'il fût capable d'une tyrannie de ce genre; et alors, avec une curiosité irrésistible, Géraldine, se tournant vers la jeune femme, lui dit : « Pourquoi ? »

Prompte comme l'éclair et choisissant une large feuille de papier qui se trouvait à sa portée sur la table, tirant ensuite d'une gaine suspendue à sa ceinture de satin un porte-crayon en or, elle traça rapidement, en gros caractères, ces quelques mots : « Je suis sourde-muette. »

Une exclamation de douloureuse pitié et d'étonnement s'échappa des lèvres de Géraldine qui, suivant son impulsion généreuse, prit aussitôt une chaise et vint s'asseoir auprès de l'infortunée, dont le regard parlant avait recherché avec anxiété l'effet produit par sa communication et qui refléta toute la joie qu'elle éprouvait en voyant qu'elle ne s'éloignait pas.

Aussi, dans son impatience de récompenser l'hé-
roïsme de celle qui voulait bien passer quelques instants dans la société d'une sourde-muette, elle reprit
l'album qu'elle ouvrit de nouveau à la première page,
ét, tout en examinant d'un coup d'œil rapide les
traits de sa compagne pour s'assurer qu'elle savait
reconnaître l'idée qui avait présidé à la composition
de ces dessins, elle y suppléait à l'aide de son
crayon, par une explication claire et rapide, toutes les
fois qu'elle croyait s'apercevoir d'une certaine hésitation chez Géraldine.

Elle s'intéressait particulièrement aux gravures qui
représentaient des faits historiques, et la promptitude
de ses mouvements, la mobilité de sa physionomie,
— à mesure qu'elle indiquait les noms des principaux
personnages, — disaient assez que sa mémoire lui
fournissait une foule de souvenirs, à la fois poétiques
et passionnés.

« Qui saura jamais quel prodige d'enthousiasme muet
repose dans la solitude de cette âme silencieuse ? » se
disait Géraldine, tout en portant son regard de
l'album à la physionomie animée qu'elle avait devant
elle ; et que d'accès au mal et à la douleur sont ainsi
fermés par l'accident même que nous appellerons
une : « infliction » de la nature.

La musique, certes, — mélodie céleste — est exclue
de ses plaisirs avec tout le reste, mais elle n'a pas
conscience de la privation qui lui est imposée, et il lui
reste assez de joies innocentes pour en remplir toute
son âme.

Cependant la gravure qui représentait l'entrée
d'Henri IV à Paris s'offrait de nouveau aux regards
des deux jeunes femmes : alors, l'inconnue, se levant
tout à coup, dirigea l'attention de Géraldine vers un

magnifique vase en porcelaine de Sèvres, qui se trouvait placé sur un piédestal derrière elles et dont le motif principal était une copie de maître tirée du sujet lui-même.

Sans doute le coloris contribuait largement à l'animation de la peinture; mais, à peine y avaient-elles porté leurs regards, que déjà notre héroïne avait découvert une série de petits médaillons formant cercle autour du vase et représentant les portraits des Lords et des dames les plus célèbres de la cour d'Henry d'Angleterre, — son pays, — au nombre desquels figuraient également ceux de la Reine et ses enfants. Cette partie du vase était distincte de l'ensemble et mobile.

A mesure que Géraldine la faisait tourner, sa compagne inscrivait rapidement le nom des personnages, dont les traits étaient ainsi représentés à sa vue, ne pensant guère qu'elle-même, pendant tout ce temps, faisait l'objet de l'admiration de l'étrangère.

Mais, tandis qu'elle s'enflammait à l'aspect des autres portraits représentant Gabrielle d'Estrées, l'écuyer Bellegarde, le maréchal de Biron, etc., le regard fixe de Géraldine était tendu vers les traits encore plus beaux de la jeune femme, admirant la fraîcheur purpurine de ses lèvres roses qu'aucun mot déplacé n'avait jamais souillé, et la brillante intelligence concentrée dans ce regard plein d'éclat qui rendait la parole superflue, et vengeait la sage économie de la nature, qui, ayant donné une puissance aussi grande à un organe, la refusait totalement aux autres.

— Voyez donc les deux artistes! s'écria tout à coup le vieux chevalier qui s'était éloigné de quelques pas de la table d'écarté, et dirigeait son regard à la fois surpris et charmé sur celle qui paraissait avoir

15

formé une liaison si intime avec la pauvre muette.

— Comment ! monsieur le marquis ! les deux *Muses*
s'il vous plaît ! les Muses sont parmi nous ! s'écria la
spirituelle maîtresse de maison qui, ayant quitté elle
aussi la table de jeu, avait entendu l'exclamation du
chevalier ; vous ne savez pas que notre belle Géraldine est une adorable musicienne, de même que notre
chère Suzanne fait de la charmante peinture.

— Quelles sont les Muses de la Peinture et du
Chant, monsieur ? ajouta-t-elle, en se tournant vers
un jeune poète qui se tenait derrière elle. Je ne vous
demande que de les nommer, car elles sont ici.

— L'occupation maîtresse de la vie d'un Français,
— ce qui toujours le possède, — c'est l'amour, la
danse ou le chant. Que l'idole de son âme soit ce qu'on
voudra, toujours est-il que l'une de ces trois préoccu-
pations est constamment présente à sa pensée ou
toutes les trois ensemble. Albert de Mussy pensait
aux Muses et en parlait aussi familièrement que le
premier venu pourrait faire de ses sœurs.

— La peinture n'en a pas, répliqua-t-il vivement —
et il s'approchait tout en parlant — c'est-à-dire qu'au
nombre des filles de Mnemodysle, il n'y en a pas qui
la protège.

» Dernier-né du Talent, cet art aurait dû se passer
d'institutrice et de patronne (car les vierges du Par-
nasse ont chacune pour tâche spéciale d'élever celles
des sciences qui sont leurs filles), si la généreuse Mi-
nerve n'avait pas tendu les bras à ce brillant nouveau
venu en se constituant elle-même la protectrice, ou
si vous voulez, la Muse de la Peinture. »

En concluant, il fit une révérence infiniment respectueuse, et il fixait en souriant ses yeux noirs sur la
physionomie frappante de Suzanne comme pour la

comparer avec l'idéal qu'il se formait personnellement de la déesse, et probablement n'étant pas prévenu de son infirmité.

— « Celle du chant, » ajouta-t-il, en regardant sa
compagne...

— « Ne la nommez pas, monsieur, » dit Géraldine,
en riant et rougissant sous les regards que ces quelques
mots, précédés d'une légère pause, lui avaient attirés :
« Je ne suis pas elle. »

— « A la bonne heure! mademoiselle, » s'écria tout à
coup une voix derrière elle. « Est-ce ainsi que vous vous
dérobez aux regards d'un pauvre mortel qui vous
cherche dans toutes les directions? Vous avez manqué
une danse ; auriez-vous l'intention d'en manquer une
autre ? »

— « Si je n'avais pas engagé ma parole, monsieur, »
répondit Géraldine, « je m'abstiendrais sans regret,
car il fait si chaud dans la salle de bal, et je me trouve
si bien ici ! »

— « Mademoiselle, je suis désolé de vous enlever à
votre bonheur, mais vous n'ignorez pas, sans doute,
que la parole donnée est une chose sacrée, » répondit
le nouveau venu, en s'avançant vers la table, comme s'il
eût été curieux de découvrir quel pouvait bien être
l'attrait de cette pièce isolée.

C'était un officier, à la taille élevée, d'une figure
agréable et sympathique, au regard franc et loyal.
Sur sa tunique d'un bleu sombre se détachaient les
insignes du chevalier.

— « Je le sais, » répondit Géraldine, en remettant ses
gants et réfléchissant comment elle s'y prendrait pour
prendre congé de sa nouvelle amie.

Elle fut devancée par celle-ci dont le regard vif et
prompt avait compris aussitôt ce qui se passait, et

qui alors, en souriant, lui tendit la plus jolie petite main rose qu'on puisse imaginer, en témoignage de sa gratitude et de son désir de se revoir. Leurs mains se rencontrèrent dans une étreinte cordiale et tout affectueuse qui se prolongea pendant quelques instants, comme pour exprimer leur amitié mutuelle qui ne trouvait aucun mot pour la traduire ; et Géraldine, avec un soupir, s'éloigna au bras de son cavalier qui l'attendait pour la conduire dans la salle de bal.

— « Cette chère Suzanne ! » dit la vicomtesse, en regardant l'infortunée jeune femme ; « si la nature t'avait donné la parole, que de belles choses tu saurais dire, mon enfant ! »

— « Comment ! serait-il possible ? » s'écria l'officier, en s'arrêtant pour jeter un regard de compassion sur Suzanne ; puis, averti par les sons éloignés de l'orchestre jouant la ritournelle, que le quadrille allait commencer, il pressa le pas en disant à sa danseuse avec le haussement d'épaules de quelqu'un peu habitué à faire de la morale :

— « Chacun de nous a sa croix à porter ! »

— « Heureux qui ne la porte qu'à sa boutonnière ! » répondit gaiement Géraldine.

— « Délicieux ! ma parole, » répliqua l'officier, en jetant un regard complaisant sur sa décoration tout en prenant place au quadrille.

— « Vous n'aurez jamais accordé vos bienfaits à une personne plus agréable et les méritant mieux, » murmura à l'oreille de Géraldine Lucius O'Connor en passant rapidement derrière elle avec... Suzanne, Suzanne, la sourde-muette, allant danser ! Etait-ce croyable ? était-ce réel ? ou ne prenait-elle pas une autre pour Suzanne ? Mais non ; l'élégance modeste de sa mise, la rose qui brillait dans ses cheveux aux reflets dorés, sa taille svelte, sa démarche gracieuse et son beau regard étaient, à n'en pas douter, des indices qui ne pouvaient tromper; et d'ailleurs le cavalier de Géraldine n'avait-il pas lui aussi la même certitude?

Géraldine eût donné beaucoup pour savoir comment, à l'aide de ses jolis yeux, sa nouvelle amie avait pu s'acquitter de l'entreprise difficile dans laquelle elle se trouvait alors engagée; mais elles se trouvèrent séparées par un grand nombre de danseurs dont les mouvements en sens divers formaient un véritable paravent, ne lui permettant d'apercevoir par instants qu'une partie de la toilette blanche de Suzanne ou l'extrémité de ses petits pieds chaussés de satin. Cependant le quadrille venait de finir : une valse lui succéda aussitôt, et Géraldine se trouva elle-même aux bras d'un nouveau danseur, avant d'avoir pu éclaircir quelque chose de ce mystère forcément interrompu. Bientôt ils s'arrêtèrent pour respirer un instant; alors, jetant les yeux autour d'elle, Géraldine aperçut Suzanne assise non loin, à côté d'une dame dont la ressemblance frappante avec elle semblait indiquer une très proche parenté.

Ses traits reflétaient cette abstraction profonde qui, à première vue, avait provoqué la critique de O'Connor, et qui, bien que fort naturelle, dans la situation, était si différente par l'éclat qu'elle leur imprimait, lorsque l'âme venait à s'éveiller.

Mais, quoique Géraldine fît tous ses efforts pour attirer ses regards, — et un instant, elle crut y avoir réussi, — rien cependant ne vint ensuite démontrer qu'elle l'avait reconnue.

— « Quelle est cette jeune femme? » fit Géraldine, s'adressant à son cavalier, en lui indiquant en même temps l'inconnue par un mouvement imperceptible de son éventail.

— « C'est Mlle Suzanne de V..., » répondit le jeune homme; « sa mère, la marquise, est auprès d'elle.

» Son père est un des plus illustres et des plus dignes survivants de la « vieille cour » ; pendant longtemps ils restèrent en exil et ont beaucoup souffert ; mais la Restauration leur a tout rendu, excepté la jeunesse que les années leur ont enlevée, et les amis que la mort a réclamés. »

— « Et ils doivent avoir beaucoup perdu, — quoi qu'il en soit, » — dit Géraldine; « mais les plus à plaindre sont encore les survivants... Comme Mlle de V... supporte bien son infortune ! »

— « Son infortune ! » répéta le jeune Français surpris; et sans attendre de réponse il entraîna sa danseuse avec une rapidité telle, que toute possibilité de pousser plus loin la conversation commencée lui était enlevée, pour le moment du moins.

Après une nouvelle pause, Géraldine et son cavalier se trouvèrent à l'autre extrémité de la salle de bal, et au moment où elle reprenait la conversation si brusquement interrompue, elle fut rejointe par la vicomtesse de M... elle-même, qui, sortant d'un salon voisin, avait marché droit à elle, et, la séparant de son cavalier, lui dit : « Viens, ma chère amie, viens à mon secours ; j'ai besoin de toi. M. L... nous excutera, » ajouta-t-elle avec un sourire et ce salut courtois qui font que la femme bien née, la Française principalement, sait donner de la grâce même à la rudesse.

— « Figure-toi, chère Géraldine, que notre musique va manquer tout à fait, si tu n'as pitié de nous. Pisaroni ne peut nous donner qu'une petite demi-heure, et la Sontag est indisposée et ne peut venir, je l'apprends à l'instant; elles devaient chanter ensemble. »

— « Vous ne m'avez certainement pas choisie pour remplacer la Sontag ? » s'écria Géraldine, en se reculant effrayée.

— « Mais si, vraiment, » fit la vicomtesse en l'attirant doucement à elle, et de plus la Pisaroni y a consenti; il n'y a qu'à vous présenter maintenant l'une à l'autre, le reste ira tout seul. »

Ainsi prise au piège, la pauvre Géraldine se laissa entraîner dans la salle de concert, où un petit groupe d'Allemands et d'Italiens se trouvaient réunis auprès du piano. Au milieu du groupe se tenait la Pisaroni... Son humeur charmante et sa brusquerie de bon ton eurent bientôt calmé les terreurs de la tremblante débutante, peu accoutumée à chanter avec une artiste aussi renommée.

D'abord, l'émotion de Géraldine sembla paralyser ses moyens d'action; mais bientôt, surmontant cette émotion passagère, qu'en pareil cas chacun de nous eût ressentie, elle reprit son sang-froid, et sut compenser peut-être, par la richesse de l'intonation et la pureté du style, l'absence de cet ornement redondant, et de cette volubilité instrumentale, qui étaient le propre du chant de la Sontag.

La petite demi-heure se prolongea bien au delà, et notre héroïne paraissait alors aussi à l'aise avec la cantatrice, moins bien favorisée, que l'aurait été la jeune Allemande elle-même.

La Pisaroni, en prenant congé de Géraldine, lui adressa tous ses compliments, moitié en français, moitié en italien, et la gracieuse bienveillance qu'elle lui témoigna dans cette circonstance pouvait compenser amplement, — avouons-le, — leur manque absolu d'élégance.

A cette première partie du programme succéda un magnifique concerto, qui, bien qu'exécuté par des artistes hors ligne, ne sut retenir tous les invités venus spécialement pour entendre la partie vocale avec la Pisaroni et la Sontag, et qui, discrètement, l'un après l'autre, quittèrent les salons.

Il ne resta plus que quelques amateurs déterminés et la vicomtesse de M..., naturellement, qui s'écria tout à coup : « Venez, ma belle, puisque nous voilà en petit comité, venez nous chanter une de vos délicieuses romances pour varier nos plaisirs. »

— « Comment appelez-vous cette nouvelle mystification ? » dit Géraldine entre haut et bas, ne sachant encore si elle rêvait ou non, à la vue de Suzanne qui, avec un sourire, venait de se lever à l'appel de la vicomtesse, et se dirigeait lentement vers le piano avec toute la grâce qui la caractérisait.

Sa surprise était si grande, qu'involontairement Géraldine quitta son siège, et se rapprocha du piano d'où elle pouvait embrasser plus facilement les traits et le jeu de l'exécutante ; puis elle ne fit que s'accroître, en voyant celle qu'elle avait supposée sourde-muette se livrer sur le clavier à des effets de doigté qui témoignaient pleinement que la jeune artiste était non seulement capable de

> *« Untwisting all the chains that tie*
> *» The hidden soul of harmony »,*

mais encore, et surtout, que ses jolies lèvres roses pouvaient émettre des sons aussi mélodieux dans l'exécution de la dernière composition d'Amédée de Beauplan que la jeune artiste interprétait en ce moment.

— « Est-il possible que l'étude seule puisse accomplir de tels prodiges ? se disait Géraldine ; non, cela est impossible. Certainement il est impossible que ce doigté délicat et sûr, que le sentiment exquis de cette voix céleste, puissent s'acquérir sans l'assistance de l'ouïe.

» J'ai été sous l'empire d'une étrange illusion, et je dois avoir été victime d'une conspiration ; mais organisée par qui, et dans quel but ? Je ne sais qu'en penser. Quant à avoir des doutes sur son identité, ils sont inadmissibles.

» La nature humaine ne jette jamais deux êtres de point en point semblables dans le même moule, et si elle a dérogé une fois par hasard, il est plus vraisemblable que l'art les aura revêtus... »

Géraldine en était là de ses réflexions, lorsqu'elle fut tirée de sa rêverie par l'arrêt subit du piano, et par des cris répétés de toutes parts réclamant encore un couplet — un seul !...

— Il n'y en a plus, répondit la belle enchanteresse. M. de Beauplan a pensé que vous deviez en avoir assez.

— « Quelle charmante créature ! » se disait en elle-même Géraldine, tandis que le regard souriant de Suzanne s'arrêtait un instant sur le sien, bien que ne semblant pas la reconnaître.

Mais personne n'en avait assez, et bon gré mal gré, elle dut se résigner à accorder à ses auditeurs enthousiasmés une nouvelle romance, et puis une autre, et une autre, lorsqu'enfin, sa mère, s'étant approchée lui dit en souriant :

— Ma chère Louise, ton père attend.

« Louise ! » Et de nouveau la tête de notre héroïne resta penchée un instant, cherchant à deviner l'énigme, puis elle quitta sa place, et jeta autour d'elle un regard rapide, comme pour secouer le charme.

« Oh ! powers of Heaven, what dark eye meets she there ? »

C'était le vieux marquis — qui s'avançait vers elle avec — oui, cette fois, c'était bien Suzanne en personne, dont les beaux yeux bleus étaient levés sur elle, cherchant à les rencontrer, et dont la main s'avançait encore pour lui souhaiter une bonne nuit.

— Votre amabilité a fait la conquête de ma plus jeune fille, mademoiselle, fit avec un sourire le vieux gentilhomme ; bien peu de personnes se seraient donné la peine de devenir son amie, et comme j'ai eu l'honneur d'être présenté à madame votre mère, permettez-moi de vous présenter à mon tour ma femme et ma fille aînée : celle-ci serait plutôt une compagne pour vous, car elle partage vos goûts pour la musique.

— Je suis encore sous le charme de son talent, répondit Géraldine.

— Et moi du vôtre, mademoiselle, répondit l'enchanteresse Louise. N'oubliez pas que je vous ai entendue et ne me parlez pas de mon chant.

— Et moi qui n'ai pas eu l'avantage d'entendre mademoiselle, dit le marquis galamment, j'espère avoir cet honneur lundi prochain ; nous ferons de la musique un de ces soirs, et déjà nous avons la promesse de madame votre mère.

Géraldine n'avait qu'à s'incliner.

Sa mère s'approchait au même instant et la voiture des Conway s'arrêtait sous le péristyle, où chacun déjà se trouvait réuni.

L'on se sépara avec de cordiales poignées de mains,

et le désir mutuel de renouveler connaissance — bien que Géraldine, durant ces quelques minutes, eût pris trois fois Louise pour Suzanne et Suzanne pour Louise.

Le marquis, poliment, offrit la main aux dames pour monter en voiture, et lui-même monta dans la sienne où se trouvaient déjà installées sa femme et ses filles.

Puis les deux équipages prirent chacun des directions opposées : l'un se dirigeant vers la rue de Rivoli, l'autre vers le faubourg Saint-Germain.

LA CITÉ DU DÉSERT

Depuis onze jours, je parcourais ces vastes solitudes que n'avait jamais foulées aucun pied humain.

Onze fois durant, j'avais pu voir le soleil se lever sur la plaine immense qui s'étendait sans limite autour de moi.

Le soir était venu, et, sous les rayons obliques de l'astre qui allait disparaître, il me semblait apercevoir des colonnes debout, au loin, à l'horizon...

Je regardais de tous mes yeux, cherchant à pénétrer, pour ainsi dire, entre le désert et le ciel, voulant m'assurer que je n'étais pas le jouet de mon imagination; que ces colonnes existaient bien réellement, que je ne prenais pas pour des piliers de sable mouvant les vestiges du travail de l'homme.

Elles continuaient à demeurer immobiles; alors c'était bien la Cité du Désert qui émergeait là-bas, devant mes yeux, et où, le douzième jour au matin, je devais recevoir la récompense promise :

La résignation, si la Vision qui m'était apparue avait dit vrai.

Que de fois avais-je pleuré sur la brièveté de la

vie humaine! « C'est un bien sans valeur, m'étais-je
écrié, trop court pour en jouir; oh! que ne puis-je
vivre plusieurs milliers d'années! »

« Va, m'avait dit la Vision, va dans la Cité du Désert, et là tu apprendras ce que peut coûter un vœu
téméraire; quelles larmes de sang il a fait couler. »

Déjà, les premières lueurs du jour naissant avaient
chassé les ombres de la nuit, et venaient me révéler
l'objet de mes recherches.

Une ligne irrégulière de monticules variés, — évidemment l'ouvrage de l'homme — semblait indiquer,
soit son existence, ou tout au moins ce qu'il restait
encore de sa demeure.

À mesure que j'approchais, cette ligne devenait de
plus en plus distincte et bientôt je pus apercevoir des
dômes à l'infini que teignaient en or les reflets du
soleil levant.

J'ignorais si la Cité était habitée, la Vision étant
restée muette à cet égard, et je m'arrêtai, écoutant si
quelque bruit annonçant la vie n'arrivait pas jusqu'à
moi.

Il y régnait le plus profond silence, et la Cité semblait aussi morte que le désert de sable qui l'encer-
clait...

Je franchis les murailles, et bientôt je pus me convaincre que j'étais bien le seul être vivant au milieu
des ruines qui, à chaque pas, s'offraient à mes regards
attristés.

C'était un spectacle solennel et imposant : j'errais
dans des rues longues et larges, toutes silencieuses
comme la tombe! Des Palais, des Temples et des
maisons particulières étaient restés debout, les uns
comme s'ils abritaient toujours des vivants, d'autres
en partie renversés; des colonnes de marbre sur les-

quelles l'artiste avait épuisé tout son génie reposaient maintenant sur le sol; ou, droites encore sur leur base, — quoique à moitié rongées par le temps, — brillaient d'un vif éclat aux rayons du soleil qui, depuis des siècles, s'était levé et couché chaque jour sur leur froide et silencieuse beauté.

Je fus brusquement tiré de ma profonde rêverie par le bruit d'un pas lourd et traînant.

Un vieillard à la barbe longue et inculte, aux vêtements étranges et sordides, se tenait courbé devant moi, à quelque distance ; et comme, involontairement, j'allais me reculer, plutôt surpris qu'effrayé par la présence inattendue d'un inconnu dont l'aspect dénotait une nature, sinon différente, cependant moins éphémère que la mienne :

« Ne crains rien, me dit-il, dans un langage qui avait depuis longtemps cessé d'être celui d'un vivant, ne crains rien : si tu viens ici pour apprendre à connaître le supplice de la durée infinie des heures par l'homme sur lequel des années innombrables ont passé sans abréger sa vie, tu fais bien : suis-moi et tu sauras tout à l'heure pourquoi, seul ici, j'ai encouru la malédiction qui pèse encore sur ma tête et les horribles souffrances que j'endure depuis des siècles. »

Il dit et je le suivis, étonné, dans un immense jardin inculte et sauvage. Là, au centre, s'élevait une fontaine qu'ombrageaient des dattiers à la cime altière, les seuls arbres restés debout, tandis que, dans le bassin de marbre blanc, l'eau tombait goutte à goutte avec un bruit monotone.

— « Vois, me dit-il, il n'y a plus qu'un seul caillou dans ce bassin, — et un sourire joyeux vint éclairer d'une lueur fugitive son visage sillonné de rides profondes. — Jadis, il y en avait mille fois autant ; mais, depuis lors, neuf cent quatre-vingt-dix-neuf d'entre eux ont été un à un, chaque année, ramenés successivement à terre par mes soins, afin de pouvoir connaître l'heure de ma délivrance, l'heure d'une mort, hélas! en vain depuis si longtemps désirée!...

» Ce soir, lorsque les rayons de la lune viendront frapper ces dattiers, je vais pouvoir enfin retirer ce dernier.

» Assieds-toi sur ces marches, continua le vieillard, et écoute maintenant l'histoire de ma vie. »

J'allai m'asseoir, ému malgré moi, à côté de cet homme dix fois centenaire, qui alors me raconta ce qui suit :

« Cette Cité qui, aujourd'hui, ne contient que toi et moi, et qui, pendant des centaines d'années, a été le refuge obligé d'un seul être humain, était autrefois habitée par un million de nos semblables : des jeunes gens, par milliers, parcouraient, pleins de vie, insouciants de l'avenir, ces rues où ne règne plus qu'un morne silence.

» Les cris joyeux de l'enfant qui ne devait pas atteindre l'âge viril se mêlaient au bruit des eaux qui jaillissaient alors de cette fontaine, au chant des oiseaux voletant en liberté dans l'air, ou des autres créatures qui prenaient gaiement leurs ébats sur la terre...

» Tout cela, je le vois, comme si le passé datait d'hier.

» Mais la malédiction du Ciel vint, un jour, s'appesantir, terrible, sur cette Cité dont elle a fait en quelques jours une immense nécropole!...

» Seul, entre tous, je devais être épargné...

» D'abord l'horrible Famine, implacable, se rua sur elle; la Mort aux regards louches l'accompagnait, et, sans pitié, sans relâche, fauchait nuit et jour sans se lasser...

» Mais ceux qui avaient du pain en donnèrent à ceux qui n'en avaient pas : tous me sauvèrent, et sauvèrent aussi ma famille.

» Rien ne nous manquait, pendant que des hommes affamés disputaient aux chiens errants des restes putrides...

» Puis survint tout à coup une maladie terrible — épouvantable : la Peste qui, à son tour, jeta dans le Néant les malheureux que la Famine avait épargnés : des milliers d'êtres sans défense contre le fléau noir succombèrent à leur tour...

» Mais aucun des survivants ne se refusait à prendre soin des malades — tous étaient bons et compatissants envers leurs semblables mortellement frappés : ils me sauvèrent la vie...

» La famine ne m'avait pas fait quitter le toit paternel, car nous avions encore des vivres en abondance...

» Mais bientôt ma mère, — elle qui avait si souvent veillé sur moi, — ma mère fut frappée... et puis, père, frères, sœurs, tous furent frappés!...

» Oh! alors, sans souci de leurs souffrances, de leur cruelle agonie, sourd à leurs cris de désespoir, à leur dernier appel, j'abandonnai à la hâte la maison qui m'avait vu naître, et les laissai seuls en présence de la Mort accroupie à leur chevet et guettant une proie qui ne pouvait leur échapper...

» Je m'enfuis à l'autre bout de la ville, déjà presque déserte, et là, tapi comme la bête, dans une maison vide de tout habitant, j'emprisonnai mon égoïsme entre ses murailles nues!...

» Qu'ils meurent tous, m'écriai-je alors affolé, qu'ils meurent tous pourvu que je vive!

16

» Hélas ! cette prière impie, cet appel suprême de la peur à la clémence divine, devait être entendu...

» *Soit ; tu vivras*, dit une voix ; *tu vivras, insensé Azib, tu vivras longtemps, des siècles, et sois à tout jamais maudit !...*

» La voix se tut.

. . . .

» Je ne comprenais pas, alors, comment la vie pouvait devenir un châtiment... et je me réjouissais, à l'avance, des années sans nombre que j'avais encore à passer sur la terre !...

» La Mort, qui pour les autres était toujours proche, se reculait pour moi jusqu'aux limites extrêmes ; la vie, qui pour les autres était une incertitude de tous les instants, une épée de Damoclès suspendue fatalement sur leur tête, était pour moi seul assurée par dix siècles d'existence !

» Cependant, le terme que je m'étais fixé pour retourner au milieu de mes semblables n'était pas encore arrivé ; mais la promesse qui venait de m'être faite avait à mes yeux une valeur telle que je n'éprouvai aucune appréhension de quitter ma solitude, assuré que le fléau ne saurait m'atteindre et devait m'épargner.

» Je traversai ce jardin où, là-bas, s'élève la colonne qui remplace aujourd'hui l'asile où volontairement je m'étais séquestré et je me retrouvai bientôt dans la ville maudite que, peu de jours auparavant, je dus si lâchement abandonnée.

» Je m'étonnai du morne silence qui semblait régner. Mais je ne me doutais pas encore de l'horrible spectacle qu'elle allait offrir à mes yeux épouvantés.

» Qu'elle fût à moitié dépeuplée, je m'y attendais ! Que mes amis, ma famille eussent succombé, cela se pouvait encore ! Mais que tous eussent péri, que pas une âme n'eût trouvé grâce devant l'Éternel : cela surpassait le plus horrible cauchemar que l'imagination troublée puisse enfanter !

» J'entrai dans la maison de mon père. Je parcourus un grand nombre de chambres : toutes étaient vides !

» J'entendis un léger bruit dans celle de ma mère et, comme je m'approchais de la porte, une hyène en sortait !

» Je marchai rapidement dans les rues désertes ; je pénétrai dans les maisons. Dans celles qui étaient fermées, je trouvais la Mort ; dans les autres, — celles-là étaient ouvertes, — je recontrais le mort et le vivant : le mort : *l'homme;* le vivant : son ennemi, l'hôte habituel de forêts.

» La nuit vint. Je regagnai en chancelant ma demeure ; puis, la tête en feu, les yeux mouillés de larmes, je me jetai à genoux et, à grands cris, les mains tendues vers le ciel, j'implorai mon pardon.

» Mais la voix mystérieuse fit entendre de nouveau la terrible sentence :

» *Tu vivras, insensé Azib; tu vivras longtemps — des siècles — et sois à jamais maudit !*

. . . .

» Je retournai bientôt, en proie aux plus amères réfl.. .ns, dans la Cité si joyeuse autrefois ; j'errai . . .es rues désertes en y cherchant la mort, mais . . . hyènes et les chacals passaient à côté de moi en m'évitant.

» Je revins dans ce jardin et restai assis sur les marches de marbre où nous sommes en ce moment.

» Je savais que j'étais condamné à vivre mille ans ; alors je ramassai mille de ces cailloux et les lançai dans ce bassin où maintenant il n'en reste plus qu'un seul.

» Cependant l'espérance, cette consolation suprême des affligés, ne m'avait pas encore complètement abandonné : je fouillais avec la rage du désespoir les demeures les plus obscures, les plus retirées, espérant toujours y rencontrer un de mes semblables, quelque petit enfant que la mort aurait oublié. Mais, vain espoir !... Je ne devais rien trouver, rien !

» Lorsqu'enfin je fus convaincu de mon isolement, j'éprouvai une sorte de consolation étrange à faire du vivant le compagnon du mort : sur ces visages livides, sur ces corps marbrés, horribles à voir, il y avait pour moi encore des êtres qui avaient vécu de ma vie, et je restai près d'eux de longues heures, de longs jours, disputant leur possession aux fauves que les cadavres avaient attirés...

» Puis il me fallut céder et, une à une, sous leurs dents cruelles, les dernières traces de la vie humaine s'effacèrent et il ne me resta plus rien à aimer, rien que le souvenir lointain de ma race à jamais disparue !

» Pendant quelque temps encore, des oiseaux et des animaux divers vinrent visiter la Cité du Désert; mais, à la longue, ils finirent par s'éloigner et jamais plus je ne les revis.

» Un jour cependant — plusieurs siècles se sont écoulés depuis lors — mes yeux étonnés et ravis à la fois aperçurent un pélican perché sur le dôm temple que tu vois là-bas. Il y resta jusqu'au soir reprit son vol vers d'autres régions plus hospitalières — fuyant la ville maudite.

» A mesure que les années s'accumulaient lentement sur ma tête, j'éprouvais de cette existence à la durée infinie un affreux découragement, une tristesse sans nom : horrible châtiment mérité sans doute, mais que l'Enfer seul pouvait avoir imaginé !

» Exaspéré par l'isolement, je me serais fait avec bonheur le compagnon heureux de l'hyène, de cet animal immonde, à la démarche cauteleuse, aux regards fuyants ; de l'hyène qui, la nuit, tortueusement rôde, autour des fosses nouvellement fermées, en quête d'une proie que le mort ne saurait lui disputer !...

» J'aurais voulu m'associer à n'importe quel être vivant, mais ne plus rester seul.

Je me rejetai sur les insectes nés d'un rayon de soleil ; je passais mes journées à suivre leurs ébats, qui m'intéressaient encore, et alors je me sentais moins malheureux..., car c'était sous une autre forme la vie qui passait sous mes yeux. Mais des années innombrables sont venues s'ajouter à celles écoulées depuis le jour où pour la dernière fois je dus renoncer à cette suprême consolation.

» Tous ces petits êtres qui flottaient sur l'eau de ce bassin ont disparu à leur tour, et sont allés rejoindre dans l'inconnu, les créatures humaines que la Famine, et la Peste avaient marquées de leurs sinistres empreintes !

» J'aurais donné... mais qu'aurais-je pu donner ? ma vie ? je ne pouvais, hélas ! en disposer ; et pourtant, je me serais résigné à cette horrible existence, dussé-je n'entendre que le glapissement lugubre du chacal, que le cri du vautour !...

» N'ayant plus rien de vivant autour de moi, je tournai alors mes regards éplorés vers la terre : je vins m'asseoir sur le bord de cette fontaine, et là, depuis des siècles, j'écoutais le bruit de ses eaux jaillissantes... Mais le destin cruel s'acharnait après moi ; car, vois, l'eau ne coule plus que goutte à goutte, et le temps est proche où la source en sera tarie pour toujours.

» Les fleurs, les herbes folles qui croissaient au milieu des ruines m'attirèrent : elles finirent aussi par dépérir, sous les rayons brûlants d'un soleil sans nuages; peu à peu elles inclinèrent leur tige fanée, et moururent!...

» Seuls ces dattiers ont survécu, et leurs fruits se sont faits les complices inconscients de mon affreuse agonie...

» C'est le châtiment de mon égoïsme, la punition terrible, mais juste, des vœux téméraires que dans un moment de démence j'ai cru pouvoir adresser à la divinité : j'aurais pu autrement aider mes semblables dans les limites du possible, rester auprès de ma famille jusqu'au dernier instant, compatir aux soufffrances des uns et des autres, en cherchant à les soulager.

» En retour, j'aurais été comme eux, emportant au moins avec moi dans la tombe la sympathie des survivants, alors que ce témoignage m'a été refusé, et que depuis des siècles je me suis vu condamné à errer, maudit, dans cette cité déserte que je ne pouvais quitter.

» J'ai vu la dent du Temps mordre les monuments élevés par des hommes qui ne sont plus que poussière; et leurs triomphes d'un jour venir seuls troubler, par intervalles, le silence qui règne alentour, alors seulement que s'écroulaient tour à tour colonnes de marbre ou palais dorés! »

Le vieillard cessa de parler pendant un instant, puis il reprit :

« — Il n'est encore que midi ; va, parcours la Cité, médite sur ce que tu auras vu, ce que tu viens d'entendre, et reviens ici au coucher du soleil. »

Je me dirigeai lentement vers la ville; je pénétrai dans les habitations désertes, profondément ému à l'aspect de toutes les ruines que la mort en passant avait amoncelées...

Je vis le trône des Rois vide... et leur palais, jadis rempli du bruit des fêtes, aujourd'hui morne et silencieux...

Les dalles rongées par le Temps venaient me rappeler l'époque lointaine où elles étaient foulées aux pieds par ces puissants du jour, revêtus de la pourpre et chamarrés d'or, de leurs satellites orgueilleux, tous se livrant aux joies éphémères du présent, insouciants de l'avenir, qui, pourtant, allait bientôt déchirer son voile et faire luire tout à coup à leurs yeux épouvantés le spectre de la mort inattendue qui planait sur eux!

Les temples que je visitai n'étaient plus qu'un amas de décombres, et je trébuchais à chaque pas sur des idoles mutilées, dont la poussière soulevée par le vent allait se mêler à celle de leurs adorateurs des temps passés! Et alors, je songeai tristement à la vanité des choses humaines!..

Je ne souhaitais plus de vivre au delà du terme ordinaire fixé à chacun de nous par des Lois immuables, auxquelles riches et pauvres doivent la seule égalité qui ne soit pas en ce monde une illusion...

Mon but, désormais, était de me résigner à une volonté inconnue plus forte que la mienne, de la subir en cherchant, dans les limites étroites qui m'étaient imposées, à multiplier les années que j'avais à passer sur la Terre, répandant autour de moi le fruit de mes travaux, de mon intelligence; consacrant ma vie au bonheur de mes semblables moins favorisés: leur tendant une main secourable, et me contentant de voir, au dernier moment, le chemin parcouru, les fruits que la Fraternité y avait laissé tomber, et recueillant avant de mourir la plus douce des récompenses hu-

maines, celle d'une conscience tranquille par la douce
satisfaction du devoir accompli.

. . . .

Pénétré de ces idées, je revins au jardin : le vieillard se trouvait encore assis sur les degrés de marbre,
et semblait surveiller d'un regard attentif et curieux
le déclin du jour.

Déjà, les teintes rosées du soleil couchant allaient
en s'affaiblissant graduellement ; enfin une pâle lumière apparut bientôt à l'horizon, et grandit jusqu'à
ce que la lune se fût levée doucement dans le ciel
bleu... Alors le dattier et le sommet de la fontaine
s'argentèrent.

A ce moment, le vieillard me quitta, et alla retirer
du bassin le dernier caillou qui s'y trouvait encore et
le lança sur le sol aride.

Une goutte d'eau restait suspendue, tremblante, à
la fontaine ; elle tomba... mais aucune autre ne suivit...
et lorsque je levai les yeux sur le vieillard, je m'aperçus qu'il était mort !...

Le pardon était enfin descendu sur la tête du maudit...

Je quittai le jardin pour continuer mon voyage à
travers le désert ; et en passant près du cadran solaire
que j'avais déjà entrevu le matin, je remarquai sans
étonnement que désormais le temps n'avait plus
d'enregistreur dans la Cité du désert, car le piédestal
qui le supportait depuis des siècles venait à son tour
de s'écrouler !

FIN

TABLE DES MATIERES

ÉMILE COLIN, IMPRIMERIE DE LAGNY (S.-ET-M.)

AVIS DE L'ÉDITEUR

Le but de la collection des *Auteurs célèbres*, à **60** *centimes* le volume, est de mettre entre toutes les mains de bonnes éditions des meilleurs écrivains modernes et contemporains.

Sous un format commode et pouvant en même temps tenir une belle place dans toute bibliothèque, il paraît chaque quinzaine un volume.

CHAQUE OUVRAGE EST COMPLET EN UN VOLUME

En jolie reliure spéciale à la collection, **1 fr.** le volum

ENVOI FRANCO CONTRE MANDAT OU TIMBRES-

Imprimerie Lauure, rue de Fleurus, 9, à Paris.

www.ingramcontent.com/pod-product-compliance
Lightning Source LLC
Chambersburg PA
CBHW070502030726
47503CB00004B/1137